# 異世界の路地裏で育った僕、商会を設立して幸せを届けます 3

Author
mizuno sei
Illust.
キャナリーヌ

ミーシャ
ルートの母。スラム街で娼婦をしながら女手一つでルートを育てた。
ジーク
パワー系冒険者。少々短気な一面はあるものの、情に厚く頼りになる。
ルート
路地裏育ちの心優しい少年。男子高校生だった前世の記憶を持ち、今世では貧しい街の人たちを助けるために奮闘中。
リーフベル
王都の王立学校の所長。エルフ。見た目は幼いが、国王も認める偉大な魔法使い。
主な登場人物

ラビス
リーナの弟。好奇心旺盛で、ルートの使う魔法に興味津々。
リーナ
青狼族の冒険者。普段はクールだが、たまに見せる笑顔が最高に可愛い。
リサ
リーナの妹。家族想いで優しい。リーナのことが大好き。

# 第一章　活気づく街

ハウネスト聖教国《せいきょうこく》の政争に巻き込まれた転生者で路地裏育ちの少年・ルートは、神官長《しんかんちょう》のビオラ・クラインを、刺客《しかく》から見事に守り抜いた。

ハウネスト聖教国にのさばり、悪政を行っていた教皇一派は糾弾《きゅうだん》された。無事に新教皇に就任したビオラは、陰の立役者であるルートたちに深く感謝し、国内の改革と奴隷制度《どれいせいど》の廃止に取り組み始めたのだった。

世界がよい方向に向かう一方で、ビオラを守る際に、かけがえのない仲間であるリーナを失ったと思い込み、ルートたちは深い悲しみの中にいた。

しかし、実際にはリーナは人里離れた山中で生きており、攻撃を受けたショックでルートたちと過ごした記憶を忘れてしまっていたのである。

その事を知らないルートは悲しみにくれながらも、設立した『タイムズ商会』をさらに大きくするため、忙しく働いていたのだった。

◇　◇　◇

ビオラが新教皇となり声明を発表してから数か月が経ち、また冬が訪れようとしていた。

「ただいま～」

朝早くから、冒険者ギルドで鉱石《こうせき》を受け取り、商業ギルドに商品や料理レシピの特許申請《とっきょしんせい》に出かけていたルートは、『タイムズ商会』本店の事務室に帰ってきた。

「ちょっと、子爵様《ししゃくさま》の屋敷《やしき》へ行ってくるよ」

しかし、息つく暇《ひま》もなく、素早く着替えをすませて、また外に出ていこうとしている。

「おい、ルート、ちょっと待て……」

事務室で留守番をしていたパーティメンバーのジークは、やや厳しい口調でルートを引き止めた。

ルートがドアの前で立ち止まり、ジークのほうを見る。

「……お前、そこの鏡で自分の顔をよく見てみろ」

ジークがドアの横の壁に掛かった姿見《すがたみ》を指さして言う。

ルートはそう言われて、鏡に映った自分の顔を見た。

そして、ジークが言いたいことを理解した。

そこには目の下に黒いくまができ、頬《ほほ》が削《そ》げ落《お》ちた、別人のような自分がいたのだ。

「商会がこれからって時に、お前が倒れたらどうするんだよ。少しは自分の体を労《いた》われ……」

ジークはルートの肩に優しく手を置いて、親の立場から大切な義理の息子にそう言った。

彼はルートの母親であるミーシャに恋心を抱きプロポーズをし、ミーシャもそれを受け入れている。

「う、うん……分かった……これが終わったら休むよ」

ルートは頷《うなず》き、笑みを浮かべてジークを見た。

その無理に作った笑顔を見て、ジークは思わず涙をこぼしそうになるが、あわてて背を向けながら、手で『早く行け』とジェスチャーをした。

リーナが生きていることなど知る由《よし》もなく、ルートはその日も傷心したまま懸命《けんめい》に働いていた。くたくたになるまで働いて、夕食も食べずにベッドに倒れ込んで寝てしまうことも多かった。少しでも余計な時間があると、リーナのことを思い出し、悲しみの闇《やみ》に沈《しず》みそうになるのだ。

本店を出て、ポルージャ子爵の館に着いたルートは、気持ちを切り替えて、一つ大きく息を吐いた。

「『タイムズ商会』のブロワーです。子爵様に御用があってまいりました」

「はい、お聞きしております。どうぞ、お入りください」

すでに顔なじみになった門番は、にこやかな顔で門を開いた。

「おお、ルート、待っていたぞ。座ってくれ」

ロベル・ポルージャ子爵は上機嫌でルートを迎え、早速執事《しつじ》のレイナスにお茶と菓子の用意を命じる。

今、ポルージャの街はこれまでにないほど賑《にぎ》わっており、人と金がどんどん入ってきていた。

毎日のように上がってくる領政局《りょうせいきょく》からの嬉しい報告に、ロベルは喜んでいた。

そして、その活況をもたらしたのは、ルートとロベルが計画し実行した『道路および市街地の公共整備事業』であった。

このポルージャの公共事業は、街の人や周辺の街や村に告知をすることから始まった。

告知はルートが子爵に提案し、各街の役所と商業ギルドが協力して、大々的に行われた。

これまでは、一部の商人に事業が伝えられ、商人たちが色々な伝手《つて》を使って安い労働力を集めていたのだが、そうすると必ず不正な金のやり取りが発生してしまう。

告知することで、誰でも事業のことを知り、労働者の募集に手を挙げることができる。こんなあたりまえのことから、街の改革は少しずつ始まっていったのである。

また、公共事業に使用する資材の買い付けは、商業ギルドが間に入って『入札』する方式が採用された。このおかげで、複数の商人に公平に利益が出るようになった。これも、ルートが提案した新しいやり方だ。

労働者の募集が始まると、商業ギルドの受付には連日大勢の人たちが詰めかけた。

コルテスやガルニアなど、遠くの街から来た人もいたし、周辺の村から訪れた人、珍しい獣人《じゅうじん》の集団もいた。

「実はな、人が増えるのはいいが、街の宿屋はどこもいっぱいで、多くの者たちが広場や空き地でテント生活をしているのだ。それでも、場所が足りず、最近はケンカやいざこざが多発しているらしい。かといって、街の外に追い出せば、魔物《まもの》に襲《おそ》われるかもしれないからな。なにかいい方法はないか、君の意見を聞きたいと思って、来てもらったんだ」

「なるほど……こんなに急に人が集まるとは思いませんでしたから、その対策は抜けていましたね。ううむ……」

ルートはロベルの相談を聞き、しばらくじっと考え込む。

やがて顔を上げ、ロベルに尋《たず》ねた。

「子爵様、広場に労働者用の住居を建ててもよろしいですか？」

「っ！　な、そ、それはかまわぬが、かなりの期間が必要ではないか？　完成するまでの間、彼らはどうするのだ？」

「ええっと、そうですね……住居は一晩でなんとか作ってしまおうと思います。労働者の皆さんには街の外の草原で一晩過ごしてもらいます。そこで、衛兵《えいへい》を何人か見張りとして出していただきたいのですが……」

ロベルは驚きのあまりポカンとルートを見つめていたが、我に返ってこくこくと頷いた。

「わ、分かった、衛兵の手配はしておこう。し、しかし、一晩で大勢の人間が住む家をどうやって作るつもりだ？」

「ええっと、魔法で……《土属性《つちぞくせい》》の魔法の応用ですね。ご心配なく。これまでにも建物を建てた経験はありますから。それに今回は、働いてもらう間の一時的な住居なので、終わったらすぐ土に戻せるように簡単な造りにします。一晩あれば十分ですよ」

ルートはそう言って、笑顔を作った。

「そうか、分かった。では、任せるとしよう。資金や足りないものは、遠慮《えんりょ》なく商業ギルドのマスター・ベンソンを通して、こちらに請求してくれ」

「はい、ありがとうございます」

その後、いくつかの案件について話し合ったあと、ルートは子爵に別れを告げ、街に戻った。

そして、早速広場へ向かった。

広場には、ざっと見ても二百近くのテントがびっしりと並び、あちこちから焚火《たきび》の煙が上がっている。

公共事業の期間中、ずっとこのままだったら、衛生面の問題や労働者同士のケンカ、街の住民とのいざこざなどが起きるのは必至だ。

状況確認を終えたルートは、冒険者ギルドと商業ギルドに足を運び、それぞれのギルマスにロベルと相談したことについて、報告した。

そして、広場の人々を街の外の草原に移動してもらうように、連絡と誘導をお願いしたのだった。

領主の指示であれば、拒否できない。

翌日、二人のギルマスは、職員や冒険者を使って指示どおりに労働者たちを街の外へ移動させた。

その日の夜。

街がそろそろ寝静まろうとする頃、ルートは建築用の材料が入ったマジックバッグを肩にかけ、広場に向かった。

「さてと……まずは街の人が騒がないように、結界で囲むか」

ルートは広場の周囲を、黒色の結界で囲んだ。

この結界は《スクリーン結界》といって、外からは見えないし、音も大部分はカットされる。

次に、いくつか設置されているベンチを一か所に寄せ、水飲み場や木々はそのままにして、地面を魔法で平らにならした。

「よし、あとは建物を作るだけだ。三階建てで二か所に階段があって、両側に部屋があるアパートのイメージで……」

ルートが手を伸ばして魔力を放出すると、地面から大きな直方体の土の塊《かたまり》が出てきた。

ここからがルートの真骨頂《しんこっちょう》だ。

精密な魔力操作で、まず直方体の二か所に入り口を開け、三階までの折り返し階段を作る。

そして、階段の両側に一部屋ずつ八畳ほどの部屋をイメージして土をくり抜いていく。

さらに、部屋の入り口と窓になる部分をくり抜き、あっという間に一棟分《いっとうぶん》、できあがってしまった。

土を使った簡単な造りのアパートだが、一年ほど使えればいいのでこれで十分だ。

木の板で床とドアを作り、窓は木製の開き戸にする。

あとはそのまま土を焼き固め、外側に石板《せきばん》を貼り付ければ、完成だ。

(バッグの中には、三十棟ほど建てられる材料がある。このまま一気に建ててしまおう。あとは、共同のかまどと調理場、トイレを作ればいいかな)

ルートはマジックポーションを飲みながら構想を練る。そして、気合を入れ直すと、一気に作業を進めていった。

翌朝、街はルートの予想どおり、大騒ぎになった。

一晩のうちに、広場にずらりと三階建ての建築物が三十棟並んでいたので、無理もない。

「はあ……まあ、今更だが、お前は本当にとんでもないやつだな。一晩でこんなものを作り上げるなんて……」

広場にずらりと並んだ土造りのアパート群を前に、ベンソンはため息を吐きながらつぶやいた。

「街の宿屋では到底泊めきれない人数ですからね。簡単な造りなので、公共事業が終わったらすぐに土に戻すことができますし、足りなかったら、街の外の草原にまた建てますよ」

ルートは小さな声でそう返した。

「ああ、今の勢いだとまだ増えそうだな。一応二〇〇〇人で締め切るつもりだが」

「今、何人くらい集まっていますか？」

「ああ、昨日の段階で一五〇〇を超えたところだ。四日で一五〇〇だぞ、信じられん」

「あはは……上手くいってよかったです。でもそれだけ、仕事がなく生活に困っている人が多いってことですよね」

ベンソンはルートを見て、顎《あご》に手をやりながらため息を吐いた。

「お前のものの見方はひねくれているというか、なんというか……とはいえ、真理を突いていることは認めざるを得んな」

「では、労働者の案内をお願いします」

ルートはにこりと微笑むと、頭を下げた。

「ああ、分かった。そうだ、資材を運搬《うんぱん》するための『魔導式蒸気自動馬車《まどうしきじょうきじどうばしゃ》』の用意をよろしく頼む」

「はい、今から第一号車の具合を見てきます」

ルートはそう言うと、ベンソンに別れを告げて工房へ向かった。

『魔導式蒸気自動馬車』はルートが考案した、蒸気機関を使った新しい乗り物で、この世紀の大発明によって、簡単に人の移動やものの運搬ができるようになったのである。

そしてルートは、商会の心臓となるボーグたちの新しい工房を『リープ』と命名した。

これは『飛躍《ひやく》する』という意味の英語からとったものだ。

「こんにちは親方、お疲れ様です」

「おお、ルートか、待ってたぞ」

炉《ろ》の前で一心にハンマーをふるっていた鍛冶師《かじし》のボーグは、ルートに気づくと、汗を拭《ふ》きながら立ち上がった。

そして、にやりと笑みを浮かべ、手招きする。

「あれができあがっているぞ。来い」

ルートはわくわくしながら、ボーグのあとについていく。

それは最後の仕上げを施《ほどこ》され、布で覆《おお》われていた。

「おお、会長さん。こいつを見にきたのかい？」

職人の一人がルートに話しかける。

「はい。皆さんお疲れ様です。なにか困ったことはありませんか？」

ルートは工房内を見渡しながら言った。

周りに集まってきた職人たちは、皆にこやかな顔でルートにあいさつし、なにも問題ないと全員が首を横に振った。

「こんなやりがいのある仕事ができて幸せですよ。なあ、皆」

木工作業を行う工房のリーダー・ルーリックの言葉を、他の職人たちも一斉に肯定する。

「それならよかったです。なにか改善すべきことがあれば、遠慮なく親方や僕に言ってください」

ルートの言葉を聞いて、ルーリックはしっかりと頷いた。

「ルート、こいつが『運搬用トラック一号車』だ」

ボーグはそう言うと、ルーリックと協力して、被せられていた布を取り払った。

現れたのは、日本の工事現場で活躍していた古い型の四トントラックのような、『魔導式蒸気自動馬車』だった。

「おお、完璧《かんぺき》です。後輪もダブルタイヤ式になっていますね」

「うむ。全てお前の注文どおりにしたぞ。荷台の外枠はレバーで開くようにした。そして、一番の目玉はこいつだ」

ボーグは楽しげにそう言うと、運転席に乗ってルートに声をかけた。

「ルート、起動してくれ」

ルートは言われるままに、後部の荷台の下についている蒸気機関の起動スイッチに魔力を流した。

内部のボイラーに火が入り、ゆっくりと蒸気が圧力を増していく。

やがて、運転席の背後に取りつけられた蒸気排出マフラーから白い湯気《ゆげ》が吹き出し始める。

ピーッという、蒸気圧が溜まった音が鳴《な》り、いつでも動き出す準備が整った。

「じゃあ、行くぞ」

ボーグはそう言うと、運転席のハンドルの斜め下にあるレバーを、グッと引いた。

すると、運転席のほうの荷台がゆっくりと上がり始めたのだった。

「おおおっ！　すごい！　親方、すごいです！　やりましたね」

「わははは……ああ、成功だっ。お前が考えた油圧式《ゆあつしき》ジャッキはとんでもない発明だぞ」

ルートが今回親方たちに依頼していたのは、運転席側の荷台が持ち上がり、土砂《どしゃ》や重い荷物を自動的に下ろせるトラックだった。

ただ、そのためには、荷台を持ち上げる仕組みが必要だ。

最初は蒸気の力でやってみようとしたが、力を調整するのが難しく、どうしてもガタつきが出てしまい、重いものを載せると持ち上げられなかった。

荷台専用の蒸気機関を別に設置してはどうかという意見もあったが、コストや重量の面でそれも難しいということになった。

ルートは前世の知識にいい方法がないかと考え、パスカルの原理を応用した油圧式ジャッキのことを思い出した。

細いシリンダーと太いシリンダーを組み合わせ、内部のオイルには食用油を使った。

細いシリンダーを蒸気の力で押し出すと、太いシリンダーの中に設置されたラムと呼ばれる金属棒が油圧で押し上げられる。

一番高いところまでラムが達すると、シリンダーの横穴からパイプへ油が流れ出し、それ以上、上がらないようになる。油はパイプを通ってもとの場所に戻る仕組みだ。

「実験では、荷台にいっぱいの土砂を積んで試してみたが、ジャッキは難なく荷台を持ち上げ、土砂を落とすことができた。こいつは売れるぞ。鉱山、農場、港に市場……国中をこいつが走り回る姿が目に浮かぶ」

ボーグはそう言って、満面の笑みを浮かべながらルートの肩を叩くのだった。

ルートは、道路工事用にあと三台『運搬用トラック』を急いで作ってもらうようにボーグに頼むと、工房をあとにした。

◇　◇　◇

『運搬用トラック一号車』の完成から数日後。

ルートは自分の家のリビングにいた。

「うん、ボアの肉は安いけど、味はいいね。これなら、十分売れると思う」

「美味《うめ》ぇな、おい。このサクサク感がたまらねえ。噛《か》むと肉汁《にくじゅう》がジュワーッと広がって……いくらでも食えるぜ」

テーブルの上にあったトンカツは、あっという間にルートとジークの胃袋に消えていった。

二人は台所に移動する。

台所の調理台にはもう一枚、こんがり揚《あ》がったトンカツがあり、ジークの目はそれにくぎ付けになっている。

「あれは、母さんの分だからだめだよ」

「ああ……にしても、こいつは絶対バカ売れだぜ。ああ、トンカツの国に住みてえ」

「あはは……そんなに喜んでくれると作りがいがあるよ。でも、屋台で売るには、もうひと工夫しないとね」

ルートはそう言うと、もう一枚トンカツを揚げ始めた。

今度は、それを野菜と一緒にパンにはさむつもりだった。以前、ボーゲルの商業ギルドで特許申請をしたカツサンドを作ろうとしていたのである。

この世界の街や村には大抵、簡単な食べ物を売る路上販売の店——屋台がある。

貧しい人々や、冒険者、旅行者などが主な客層で、値段も安い。屋台があるのは、公共の広場や市場などだ。

市場は集客率が高いため、商業ギルドへの登録料が高く、さらに税金で売り上げの二割を持っていかれる。

それでも、やはりたくさん売れるので、市場の屋台申請は毎年競争率が高い。

対して、公共の広場は登録料が安く、税金も売り上げの一割と市場の半分ですむ。

だから、広場に屋台を出しているのは、資金が少ない行商人や出稼ぎの者が多い。

ルートたちは、屋台で自分たちの料理を出す計画を進行中だった。

そして今まさに、そのためのレシピを試作していたところだ。

『タイムズ商会』の商品第一号は『魔導式蒸気自動馬車』だが、商品の販売以外にもルートがやりたかったのが、レストランの開業である。

本店の二階部分を、ルートが前世で好きだった食べ物を出すレストランにしたかったのだ。

そのための調査や練習を兼ねて、まずは屋台でいくつかの食べ物を出してみようと考えたのである。

「ふあぁ、ふう……おはよう。あら、なにかいい匂いがするわね」

着替えをすませたミーシャが、あくびをしながらリビングに入ってくる。

「おはようさん、母さん」

「おはよう、ほら、ルートが美味ぇ朝食を作ってくれてるぜ。座って座って」

席に着いたミーシャの前に、ルートがいい匂いのスープと、黒パンのサンドウィッチを運んできた。

「トンカツとレタスを挟んだパンと、牛乳にすりつぶしたトウモロコシとチーズを加えたスープだよ。食べてみて、感想を聞かせて」

「まあ、あなたって、いつこんな料理を覚えたの？　教えたことなんてないのに」

「ああ、まあ、色んな街で食事をする中で、ひらめいたんだ。ほら、冷めないうちに食べてみてよ」

ミーシャは手を胸の前で組んで、神に祈りをささげたあと、スープから口に運んだ。

その結果は、絶賛の嵐《あらし》だった。

子供のようにはしゃいで声を上げるミーシャに、ルートとジークは思わず笑ってしまうのだった。

◇　◇　◇

「おお、あんたが噂《うわさ》のブロワーさんか。よく来たな、会えて嬉しいぜ」

翌日。ルートたちはポルージャの屋台組合の元締《もとじ》めで、スラム街のボスの一人ジェイド・コパンに会いにきていた。

頬に大きな傷のある強面《こわもて》を崩し、ジェイドが人懐《ひとなつ》っこく笑う。

ルートは差し出されたごつい手を握ると、早速話をもちかけた。

「今日伺《うかが》ったのは他でもありません、うちの『タイムズ商会』で考案した食べ物を、屋台で売ってもらえないかお願いにきました」

「ほう、そりゃあ構わねえが、どんなものを売りたいんだ？」

ルートはにんまりしながら、愛用のマジックバッグから紙に包んだ二つの食べ物を取り出して、テーブルの上に置いた。

「どうぞ、食べてみてください」

ジェイドは怪訝《けげん》な顔で、まず唐揚《からあ》げの入った袋を手に取って、中を覗《のぞ》き込《こ》んだ。

「こいつは、なにかを油で揚げたものだな？」

「はい、それは唐揚げといって、鶏肉《とりにく》をぶつ切りにして下味をつけ、かたくり粉をまぶして揚げたものです」

「かたくり粉？」

「ああ、ええっと、ジャガイモからデンプンという成分を絞《しぼ》り出《だ》して、乾《かわ》かしたものです。まあ、試しに食べてみてください。その串《くし》を使うと食べやすいですよ」

ルートがそう言うと、ジェイドは串で唐揚げを一つ突き刺し、おもむろに口に運んだ。

「んん？　……ううん、美味いっ！　こりゃ、たまらん」

「あははは……そうだろう？　酒のつまみに最高なんだぜ、カラアゲは」

ルートの後ろでジークが自慢げに笑って、そう言った。

「気に入ってもらえてよかったです。ああ、それは全部さしあげますので、どうぞあとで食べてください。では、次のものを食べてみてください」

夢中になって唐揚げを食べているジェイドに、ルートが言う。

「んぐ……ふう……いやあ、美味かった。どれどれ、次はどんなものかな？」

ジェイドは子供のように目を輝かせて、次の袋に手を伸ばした。

「それは、ボアの肉を揚げたトンカツというものを、レタスと一緒にパンにはさんだ食べ物です。カツサンドと言います」

「ほう、カツサンドねえ。どれどれ……んぐ……んぐ……」

食べ始めると、ジェイドはすぐに目を丸くして、いったん口を動かすのをやめ、パンの中身を開いてじっと見つめた。

そしてまた何口か食べてから、袋を置いてルートに視線を向ける。

「こりゃあ、売れるなんてもんじゃねえよ。どこの店に出してもあっという間に売れ切れる品物だ。カラアゲもそうだ。本当にこれを屋台で売らせてくれるのかい？」

「はい。ただし、期間限定です。実は、この商品はうちのレストランで売ろうと思っているんですが、その前に、屋台で売って調査しようと思っているんです。街の人の意見も聞きたいですし。そこで、屋台を貸していただけないでしょうか？　だいたい三か月くらいを予定していますが、どうでしょうか？」

「う〜ん、期間限定か。そいつは残念だ。これをずっと売らせてもらえれば、大儲《おおもう》けできるんだがなあ……もう、商業ギルドに特許申請をしてるのかい？」

「はい、唐揚げはポルージャの商業ギルドに、カツサンドはボーゲルの商業ギルドに申請しています。使用料はどちらも年五万ベニーです」

「五万？　そいつは安すぎるんじゃねえか？」

「はい。できるだけ多くの人にレシピを使用してもらいたいですから」

「そうか、よし、売れ行きを見てから、俺も使用料を払って、レシピを買うことにするよ。屋台の件は承知した。明日、また来てくれたら準備をしておくよ」

「ありがとうございます。では、屋台の代金。それと売り上げの三割をそちらに支払うということで、契約書を作りますが、いいですか？」

「う、売り上げの三割？　そんなに、いいのかい？」

「ええ、快《こころよ》く引き受けてくださったお礼です」

ジェイドは、完全にこの少年に脱帽《だつぼう》した。

そしてこの半年後、ジェイドの屋台組合は『タイムズ商会』の傘下に入り、彼は『屋台事業部』の責任者になるのだった。

# 第二章　リーナの苦悩

「毛皮がだいぶ溜まったで、オラ、ちょっくら街に売りにいってくるべ。帰りに食料なんかも買ってくるが、なんか欲しいものはあるだか？」

トッドがリーナに問いかける。

トッドはリーナを助けた若者で、山の中で一人で暮らしていた。

リーナが目を覚ましたのは、ビオラが声明を発表した年の秋で、その間彼はずっと献身的に看病をしていた。

リーナが目を覚ましトッドと生活を始めてから、二か月が過ぎようとしている。

この日、トッドはリーナに初めて、リンドバルの街に出かけることを告げた。

これまで街に行くと伝えるのをためらっていたのは、街に彼女の知り合いがいたり、彼女がなにか思い出すきっかけがあったりするのではないかと、恐れていたからだ。

トッドは、できればこのまま、リーナが永遠に記憶を失ったままでいてくれるように願っていた。

そうすれば、彼女はここでずっと暮らしてくれるだろう。

そう、トッドはリーナに恋をしていたのだ。

その気持ちは日を追うごとに大きくなり、もう心の中に留めておけないほどになっていた。

「私も一緒に行っていい？」

「え、あ、うん、いいけどよ、かなり歩くぞ？　ここでゆっくりしていたらどうだ？」

「ん、でも、記憶が戻るきっかけがあるかもしれない。行きたい」

「わ、分かった……耳は隠したほうがいいで、フード付きの毛皮を着ていけ」

トッドはできるだけ顔が隠れるようにそう言って、荷物をまとめ始めた。

そろそろ雪が降り始める時期なので、割と温暖なこのあたりでも風は冷たい。

毛皮の束を積んだ背負子《しょいこ》を担《かつ》いだリーナは、身軽に山道を下っていく。

山道に慣れているはずのトッドのほうが、ついていくのがやっとの状態だった。

そうして二時間ほど下って、ふもとに近づいたとき、前を行くリーナが不意に立ち止まって、あるものをじっと見つめた。

「どうしただ？　なにかいたのか？」

「あれ、なに？」

彼女が指さした先には、樹皮が斜めに削《けず》られ、バケツをくくりつけられた数本の木が並んでいた。

「ああ、あれはゴムとかいうものを採《と》るボコダの木だよ」

「ゴム……」

リーナはその言葉を以前聞いたことがあるような気がした。

懸命《けんめい》に心の中で何度もゴムという言葉を繰り返し、記憶の糸をたどるが、頭の中に白い靄《もや》がかかったように、なにも思い出せない。

リーナは思わず、頭を抱えて座り込んだ。

「お、おい、どうしただ？　気分が悪くなっただか？」

「う、ん……いいえ、大丈夫。ゴムってなにに使うの？」

「いや、オラは知らねえ。なにか思い出しただか？」

「ううん。聞いたことはあるんだけど、思い出せない」

「ま、まあ、そう焦《あせ》るな。いつかは思い出すさ」

（オラの嫁《よめ》っこになったあとにな）

トッドは心の中でそう思いながら、リーナに微笑みかける。

それから、二人はまた三十分ほど歩いて、やっとリンドバルの街の門の前に着いた。

「獣人だとバレねえようにな」

「ん……」

二人は列に並んで、衛兵の検問を待った。

もし、このとき、リーナがフードを深く被っていなかったら、衛兵が彼女に気づいただろう。

衛兵たちはルートが率いるパーティ『時《とき》の旅人《たびびと》』を何度も見ていたからだ。

「よし、次」

「ご苦労さんです。毛皮を売りにきましただ」

「おう、トッドか。久しぶりだな。ん？　後ろのやつは誰だ？」

「ああ、オラの従妹《いとこ》ですだ。しばらく手伝ってもらうことになりましただよ」

「ほお、従妹がいたのか。ふむ、なかなか別嬪《べっぴん》さんだな」

「あはははは……人見知りだで、あんまし見ないでやってくだせえ」

「あはは……そうか。よし、通っていいぞ」

二人はそそくさと門を通って街の中へ入っていった。

「できるだけ、顔を見せないようにな」

トッドは念を押して、市場への道を急いだ。

リーナの知り合いでもいたら、と思うと気が気ではなかったのだ。

だが、この街にリーナと親しい人物はほとんどいなかった。

もし、冒険者ギルドかポチョル商会、そして宿屋の『雨宿《あまやど》り亭《てい》』、このどれかに行くことがあれば、リーナをよく知る人物がいたのだが……

「前に来たときより、ずいぶん賑わってるだな」

トッドが思わずつぶやく。

リンドバルの街も、ポルージャからの道路整備事業に協力していたので、出稼ぎ労働者が増えていたのである。街には活気があった。

そして、市場に近づいたとき、リーナがまた不意に立ち止まった。

「おい、どうしただ？」

トッドが振り返って見ると、リーナは少し上を向いて、鼻をひくひくさせている。

そこは、街の公共広場の入り口だった。

「この匂い、なに？」

「匂い？　う〜ん、なにも感じねえが……あっ、おい、どこさ行くだ」

「こっちから匂う」

リーナはそう言って、スタスタと広場の中に入っていく。トッドはあわててあとを追いかける。

リーナが匂いを辿って着いたのは、肉串《にくぐし》を売っている屋台だった。

「いらっしゃい。美味しい肉串だよ、どうだい？」

「にくぐし……」

「なんだ、肉串が食《く》いてえだか？　欲しいなら買ってやるべ。おやじ、二本くれ」

あわてて走ってきたトッドが、息を整えながら店主に言った。

「はいよ、毎度。若夫婦かい？　いいねえ、仲良くて」

「い、いやあ、夫婦じゃねえよ。こいつは従妹なんだ」

「ほお、そうかい……ん？　あれ？　嬢ちゃん、前に見たことが……」

「あ、ああ、ありがとよ、じゃあ、これ代金な。おい、行くぞ」

トッドはあわてて肉串の入った袋を受け取り、お金を払うと、リーナの手を引っ張って屋台から離れた。

リーナはさっきからじっと考え込んでいた。

肉串の匂いは、確かに以前に嗅《か》いだことがある。

そして、彼女はその肉串を誰かにもらったような気がしていた。

(手……とても温かい手……誰だろう、どうしても顔と名前が思い出せない……とても大切な人のような気がする……ああ、どうすれば思い出せるの？　どうすれば……)

リーナは肉串を見つめながら、考え続けた。

「……い……おい……どうしたんだ？」

「あ、うん、なにか思い出せそうなんだけど……どうしても、白い靄が邪魔をして……」

「そうか……まあ、焦ってもしようがねえべ。のんびり構えていればそのうち思い出すさ」

「ん……分かった」

結局、その日はなにも思い出せなかったが、リーナの頭には『ゴム』と『肉串』、そして『温かい手の誰か』という三つのことが、深く刻まれた。

山に帰り、再びトッドと二人の生活に戻ったが、リーナは狩りのかたわらで、畑仕事や家事もしながら、常に頭の中では三つのことを考え続けた。

そんなリーナを見て、トッドはいよいよ焦りを感じ始めていた。

なんとかリーナに考えるのをやめさせようと、あれこれ手を打ったが、彼女はますます物思いにふけることが多くなった。

そして、ついにトッドは決意を固めて、その夜、リーナがいる部屋を訪れた。

「リーナ、ちょっといいか？」

「あ、ん、どうぞ」

リーナが使っているのは、トッドの母親がかつて使っていた部屋だ。

その部屋に入ったトッドは、切羽詰まった顔でいきなりリーナの前に土下座した。

「リーナ、お、オラの嫁さんになってくれねえだか」

「えっ、あの……そんな急に言われても……」

「ああ、いきなりだってことは分かってる。だども、オラ、リーナが好きだ。リーナを山で見つけたとき、神様がオラのために遣《つか》わしてくださったんだと思った。きっと、幸せにするから、なっ、嫁さんになってくれ」

リーナはトッドの気持ちには薄々気づいていた。

だが、記憶が戻っていない状況で、彼が告白をするとは考えなかった。それは弱みにつけ込むことだし、彼がそんな人だとは思わなかったからだ。

ただ、トッドが命の恩人であることは間違いない。

その恩を返すために結婚しろと言われたら、無下に断ることはできなかった。

リーナがもし、冷たい性格だったらこう考えただろう。

トッドが自分を見つけたのは単なる偶然。もしトッドがいなかったら、自分は死んでいただろうか？　一人ででも生きていけたのではないかと。

でも、心優しいリーナは、そうは考えなかった。

「トッド、気持ちは嬉しい。でも記憶が戻らないと、心の整理がつかない。記憶が戻ったとき、もう一度よく考えてみる。それでいい？」

「あ、ああ、そうだな……だども、オラがいなかったら、おめえは魔物の餌《えさ》になっていたかもしれねえだ。それは分かってるよな？」

「う、うん。感謝している」

「そうか。なら、記憶が戻るまで、オラも待つだよ」

その夜から、リーナの苦悩が始まった。

もういっそ、このままここでトッドと暮らそうか、と諦めそうにもなった。

しかし、彼女には、どうしても忘れたままではいけない誰かがいるように思えてならなかったのだ。

こうして、リーナが苦悩する日々を過ごすうちに、山に雪が降った。

しかし、やがて冬が終わり、雪解けの森の中に鳥の声が明るく響く季節になる。

# 第三章　ルート、王と対面する

「シナモンドーナツを三つちょうだいな」

「はい、毎度ありがとうございます」

「うちの旦那と息子の好物でね。毎日食べたいって言うからさ。ふふ……それにしても、このあたりは見違えるように変わったわねえ」

ポルージャのスラム街だった場所には集合住宅が立ち並び、そのうちの一つに新しくできたドーナツ店は、多くの客で賑わっていた。

店の店員とドーナツを買いにきた親子が楽しそうに雑談をしている。

集合住宅の周りには、広く清潔な通りと、二つの工房、遊具が置かれた美しい公園がある。

今では、このあたりは街の人々の憩《いこ》いの場になっていた。

まだ娼館とルートたちが住む、ぼろアパートのところまでは開発が進んでいなかったが、ルートの頭の中にはちゃんと計画がある。

ルートは『タイムズ商会』で売る商品の特許を取ったあと、その権利を独占せず、誰でも特許料を払えば、自由に商品を作って売れるようにした。

ただし、ポーション類だけはルートでないと作れず、レシピがなかった。

そもそも、ほとんどの商品は自分が発明したのではなく、前世の知識から生まれたものだったので、独り占めする気持ちはなかったのだ。

ベンソンたちはあり得ないと呆れていたが……

自由に売って儲けて、そのお金をまた使ってくれたら、経済が回って、皆が潤《うるお》うはずなのだ。

こうして、実はルートのおかげで、彼が全く知らないところで、大勢の人間が救われていた。

例えば、今、街中で人気沸騰中《にんきふっとうちゅう》の『ドーナツ』。

タイムズ商会の本店で最初に販売を始めたのだが、初めのうちは、なじみがなかったせいか、あまり売れなかった。

ところが、北のグランデル公爵領から来た商人が、『ドーナツ』を食べて、その美味しさと安さに驚き、だめもとで商業ギルドに特許の値段を聞きにいったのである。

すると、驚いたことに特許の使用料は嘘みたいに安かった。

商人は早速使用料を払い、持ち帰って自分の店でレシピどおりに作って売り出したのである。

これが、たちまち大評判となり、ポルージャの街にも、その商人の店がオープンしたのだった。

実はこの商人、商売に行き詰まり、多額の借金を抱えていた。

家族や従業員のために、なにか起死回生の策はないかと、今評判の『タイムズ商会』を見にきたのだ。

そのおかげで、危機から脱し、一家で借金に苦しめられずにすんだのである。こういう例は、表に出ないだけで他にもたくさんあった。

まさに、ルートの望みどおり、お金が上手く回ることで、多くの人が潤うという結果が生まれていたのだった。

◇　◇　◇

季節は少し進み、二月の半ばのある日。

ついにルートのもとに、グランデル国王からの召喚状《しょうかんじょう》が届いた。持ってきたのはガルニア侯爵家の執事ライマン・コルテスだ。

「当家の主は二日後に屋敷に来てほしいと申しております。ご都合はよろしいでしょうか？」

「はい、大丈夫です。何時に行けばいいでしょうか？」

「王城には午後登城するとのことでした。昼食をこちらで用意いたしますので、そのつもりでおいでください」

ライマンは詳細を告げると、『魔導式蒸気自動馬車』に乗って帰っていった。

ルートは、近々王城に呼ばれると聞いていたので、最近は仕事をセーブし、どうしても必要な用事以外は予定を空けていた。なので、王の召集には応じることができそうだった。

二日後、ルートはジークとともにガルニア家へ向かった。

そして、侯爵家で豪華な昼食を食べたあと、二台の『魔導式蒸気自動馬車』で王都へ出発する。

ルートにとっては、初めての王都だった。

王都までの道は石畳《いしだたみ》できれいに整備され、広くて、『魔導式蒸気自動馬車』で走ると実に快適だ。

四十分ほど走ったところで、遠くに高い城壁が見えてきた。

城門が近づくと、検問を待つ人々が長い列を作っているのが分かる。

しかし、前を行くガルニア侯爵の『魔導式蒸気自動馬車』は止まる気配を見せず、そのまま列の横を走っていく。後続の『魔導式蒸気自動馬車』を運転するジークは、戸惑いながらもその後ろについていった。

城壁の前に着いたガルニア侯爵の『魔導式蒸気自動馬車』に、二人の衛兵が走って近づいてくる。

「これはガルニア侯爵閣下。どうぞ、あちらの専用門からお入りください」

「うむ。後ろもわしの連れだ。一緒に通るぞ」

「はっ。どうぞ」

その門は緊急で軍隊が出動する際に使うものだ。

しかし、普段は貴族や王族、そして外部からの賓客《ひんきゃく》が出入りする門として使われていた。

門をくぐると、広く整備された道がまっすぐに続き、両側には兵舎や訓練場など、国軍の施設が並んでいる。

『魔導式蒸気自動馬車』は人混みに全く遭遇することなく、緩やかに曲がりくねった上り坂を進み、王城までスムースに走り続けた。

近衛兵《このえへい》が守る内門を抜けると、いよいよ王城が見えてくる。

『魔導式蒸気自動馬車』が城のロータリーに入り、止まった。侯爵とルートが先に降り、ライマンとジークは『魔導式蒸気自動馬車』を停車場へ移動させにいく。

ジークたちが帰ってきてから、ガルニア侯爵を先頭にルートたちは城の階段を上っていった。

「ガルニア侯爵様とルート・ブロワー様がおいでにございます」

案内役の侍従《じじゅう》が声高に告げ、謁見《えっけん》の間の扉が重々しく開かれた。

主だった重臣たちが部屋の左右に並んでおり、その中を、ガルニア侯爵とルート、そして少し離れてライマンとジークが並び、王の前に進んでいく。

一同は玉座《ぎょくざ》への階段の下まで進むと、そこで片膝《かたひざ》を折って頭を下げ、右手を胸に当てた。

「陛下、ルート・ブロワーを連れてまいりました」

「うむ、侯爵ご苦労であったな」

ガルニア侯爵は一礼すると立ち上がって、王の右に並ぶ重臣たちの先頭へ移動した。

「ブロワー、面《おもて》を上げよ」

「はっ」

ルートは片膝をついたまま、顔を上げて王を見た。

年は四十代半ばくらいだろうか。金髪に茶色の瞳、口の周りには立派な髭《ひげ》をたくわえていた。

「そなたのことは、侯爵から色々聞いておる。あの蒸気で動く馬車もそなたの発明と聞いたが、まことか？」

「はい。私が作りました」

「ふむ。しかも、その年で商会を立ち上げ、今では国内でも屈指の大商会に成長しているとか……大したものだ。誰か、師とする者がいるのか？」

「お褒めにあずかり、ありがたき幸せに存じます。特に師と仰《あお》ぐ者はおりませんが、多くの人たちに支えられて、今の私があると思っております」

「そうか、謙虚《けんきょ》だな。だが、侯爵の報告では、そなたの持つ力は古《いにしえ》の英雄にも匹敵《ひってき》するほどだそうな。自分ではどう思っておるのだ？」

ガルニア侯爵はコルテス子爵から話を聞き、ルートが密偵を訓練した際に、とてつもない力を発揮したことを王に報告していた。それを聞いていた王は、ルートにそう問いかけた。

「恐れながら、古の英雄について私はあまり知識がありません。それに、私には国を救うような大それた力はありませんし、大望《たいもう》もございません」

「ほお、では侯爵の見立ては間違いであると、そう申すのだな？」

「はい、失礼ながら、そうであると……」

「いや、待てブロワー。このわしの見立て違いとは、聞き捨てならぬ」

ガルニア侯爵が横合いから異議を唱え、ルートは困ってしまった。

「あははは……叔父上《おじうえ》、飼い犬に手を噛まれましたな？」

王の左に並んだ重臣たちの先頭に立っているミハイル・グランデル公爵が、笑いながら、一歩前に進み出る。

「どこの馬の骨を連れてきたかと思えば、こんな子供で、しかも恩人の面子《メンツ》を潰す礼儀知らずとは。いやはや、兄上、とんだ無駄な謁見でしたな？」

ミハイルの言葉に、ガルニア侯爵はいきり立って反論した。

「わしの見立てが間違いかどうか、すぐに証明して見せよう。ミハイル、お主の自慢の騎士《きし》とこのブロワーを対決させてみよ。あっという間に勝負がつくであろう」

わざとらしいやり取りに、ルートはいぶかしげな視線を向ける。

実はこれは侯爵と王の二人によって仕組まれた茶番劇であった。

侯爵と王はあらかじめ打ち合わせをしていたのだ。

ルートが自分の力を否定すると予想していたし、侯爵が恥をかけば、それに乗じてミハイルがルートを馬鹿にするであろうことも予想できた。全ては筋書きどおりに進んだのである。

なぜ、侯爵と王がこんなことをしているかというと、それには三つの理由があった。

一つ目は、王がルートの力を実際に見て確かめ、与える恩賞が正しいと確信するため。

二つ目は、ミハイルとルートの仲を険悪にし、ルートを彼の勢力に入らせないため。

三つ目は、強力な武力が自分たちのそばにあることを、ミハイルに知らせるためであった。

今、王室内部では、国王派とミハイル派の主導権争いが静かに繰り広げられていた。

今のところ国王派が優勢だが、けっして油断はできない。

国王にとって、強力な武力が自分たちのそばにあることを、ミハイルに知らしめるメリットは大きかった。

そんな、はた迷惑な策略に巻き込まれたルートは、否応なく王城内の訓練場に連れていかれ、ミハイルのお気に入りの騎士、エリス・モートンと対戦させられることになった。

「やつは剣技もさることながら、魔法も得意な魔法剣士だ。油断するな」

ガルニア侯爵の言葉に、ルートは仏頂面をしていて、返事をしなかった。

「おい、なんだ。怒っているのか？」

「ええ、いい加減、こうして道具のように扱われるのには嫌気がさしてきました」

そう言ったルートの表情に、ガルニア侯爵は思わずぞっとする。

そして、なんとかルートをなだめようとあたふたし始めた。

確かに、ルートの利用価値を高く評価していたのは事実だ。その点をズバリと見抜かれ、言い訳もできなかった。

「あ、いや、これはだな……」

「分かっています。貴族は色々事情があって大変なんですよね。それに、貴族の言うことを聞くのが一般市民ですからね」

「……そういう皮肉は口にするな」

ルートはちらりとガルニア侯爵を見て釘を刺した。

「でも、これが最後にしてください」

「うむ、約束しよう。すまぬ」

ガルニア侯爵が申し訳なさそうに言う。

「おやおや、仲間割れですか？　今ならまだ間に合いますよ。やめますか？」

「それは、こちらのセリフだ。恥をかかぬうちに謝れば許してやろう」

ミハイルの言葉に、ガルニア侯爵が冷静に返す。

「うぬうっ、私に向かって、いくら叔父上でも無礼であるぞっ！」

「これは失礼した。だが、王位継承者である皇太子殿下以外の王族は皆同じと、わしは考えておるのでな」

「ぐぬ……その減らず口、すぐにきけぬようにしてやる。行けっ、エリス」

「はっ、お任せあれ」

光輝く鎧《よろい》に身を包んだ、小柄な騎士が前に進み出てきた。

エリス・モートンは、公爵に仕えるモートン男爵《だんしゃく》の娘で、今年十七歳になる。

幼い頃から魔法の才に長けており、十三歳の若さで騎士養成所に特待生として入学した。

そしてすぐにその才能を伸ばし、十五歳になる頃には、生徒で彼女にかなうものは誰もいなくなっていた。

十六歳で公爵直属の近衛兵団に配属され、公爵の寵愛《ちょうあい》を受けるようになり、今や飛ぶ鳥を落とす勢いの騎士だ。

（ふうん、ステータスはまあまあかな。《魔法防御《まほうぼうぎょ》》か、面白いスキルを持っているな。魔法は《火属性《ひぞくせい》》と《土属性》を使えるみたいだ……）

ルートは訓練場の中央へ進みながら《解析《かいせき》》で、エリスのステータスを見た。

「小さな魔法使いさんか。じゃあ、私も魔法で相手をすることにしよう。剣で戦ったら、すぐに決着がついてしまうからな」

自信満々の少女騎士は、ルートが持っているメタルスタッフを見て笑顔でそう言った。

「いや、そんな気遣いはいりませんよ。どうぞ、真剣を使ってください」

「ほう、口だけは威勢がいいな。だが、私が真剣を使うということは、お前が死ぬということだ。それでいいのか？」

「ご心配は無用です」

エリスは笑顔で取り繕《つくろ》っていたが、目は怒りに燃えている。

「では遠慮なくいかせてもらう。まあ、ケガをしても治癒魔導士《ちゆまどうし》がいるから死ぬことはあるまい」

エリスはそう言うと、美しい細身の剣を引き抜いて構えた。

ルートは素早く《防御結界《ぼうぎょけっかい》》を全身にかけ、試しに《ファイヤーボール》を放ってみた。

「ふん、私に魔法は通用しないっ！」

エリスが剣を一振りすると、炎の球はサッと霧《きり》のように消えてしまった。

ルートは即座に氷の魔法で彼女の体を固めようとしたが、これもすぐに消されてしまう。

（なるほど。《魔法防御》は結界みたいなものかと思ったけど、魔力で魔力を相殺しているのか、面白いな。じゃあ、魔力を奪ったらどうなるんだろう？）

そう思いながら、ルートは《ボムプ》でエリスの魔力の動きを見る。

《ボムプ》は魔力に色をつけ、見えるようにすることができる魔法だ。

一方エリスは、ルートが瞬時に無詠唱で魔法を使ったことに心の中で驚いていた。

「ちっ、厄介だな。早めに勝負をつけるか」

エリスはつぶやくと、一気にスピードを上げてルートに肉薄した。

ルートは風魔法でエリスのスピードを鈍らせ、ある魔法の発動準備をする。

エリスは剣で風を切り裂きながら近づき、ルートの肩に剣を振り下ろす。

——キンッ！

エリスの剣がルートの肩を切り裂いたかに思えたが、あたりに響いたのは高い金属音だ。

「なっ！　くそっ、結界だと？」

エリスは叫びながら剣に魔力を流して、結界を無効化しようとする。

しかし、それより一瞬早く、ルートがエリスの腕を掴んだ。

「あっ……ば、馬鹿、な……」

エリスは力が抜けたように、ふらふらと地面に倒れ込んだ。

これにて、勝負は決した。見ていた者たちは、なにが起きたのか理解できない。

「エリスっ！　なにをしている。おい、貴様、エリスになにをした？」

「心配ありません。魔力切れを起こしただけです。しばらく休めば回復しますよ」

「はあ？　魔力切れだと？　ど、どういうことだ？」

わけが分からずエリスに駆け寄るミハイルを尻目に、ルートはガルニア侯爵のもとへ戻った。

「ご苦労だった。流石だな。それで、いったいなにをした？」

「エリスさんの魔力を奪ったんです」

「魔力を奪う？　そんなことができるのか？」

ルートは曖昧な笑みを浮かべ、侯爵はため息を吐いて、それ以上は深く詮索《せんさく》しなかった。

「見事であった、ブロワー。皆の者、これでこの少年の力は分かったと思う。ガルニア侯爵の見立ては間違いではなかった。では、謁見の間に戻るといたそう」

国王の言葉に異議を唱える者はなく、一同は再び謁見の間に戻った。

「さて、ルート・ブロワーよ。今後はそなたのことを、親愛の気持ちを込めて『ルート』と呼びたいが、よいか？」

「はっ、もったいないお言葉でございます。どうぞお好きにお呼びください」

「うむ。では、わしのこともオリアスと呼んでくれ。さて、本日そなたを呼んだ理由だが、二つある。まずは、ハウネスト聖教国のクライン教皇を守り抜いてくれたことへの褒美だ。遅くなってすまないが、受け取るがよい」

王はそう言って、老年の侍従に合図した。

侍従は丁寧にお辞儀をすると、美しい勲章《くんしょう》と金貨が詰まった皮袋を盆に載せて、ルートに歩み寄った。

そして、まず皮袋をルートに手渡すと、勲章をルートの上着の胸ポケットにピンで留める。

「よくお似合いでございます」

「ど、どうもありがとうございます」

侍従はにこやかに微笑んで頭を下げると、もとの位置に戻っていった。

「それは多大な功績を挙げた者が受ける『ラルフ光剣章《こうけんしょう》』だ」

「はっ。身に余る光栄にございます。多大なる金子《きんす》とともにこの身には過分な恩賞かと」

「いや、聖教国との関係を考えれば、これでも足りぬぐらいだ、気にせずともよい……が……」

王はそう言うと、ゆっくりと階段を下りながら言葉を続けた。

「……もし、過分だと思うなら、わしの願いを一つ聞いてくれぬか？　これがそなたをここへ呼んだもう一つの理由なのだがな」

ルートはちらりと王のにこやかな顔を見上げ、再び頭を下げて答えた。

「はい、私にできることであればなんなりと」

「うむ。その願いとはな、そなたに『王立子女養成学問所《おうりつしじょようせいがくもんじょ》』の魔法科教師になってもらいたいのだ」

ルートは思わず顔を上げて王を見た。そして、あわててまた下を向いて、しばらく考える。

『王立子女養成学問所』――通称『王都の王立学校』は、王家直属のエリート養成機関である。建前では王国民なら誰でも試験を受けて入学できる規則になっていたが、実際に入学できるのはほとんどが貴族だ。ごく一部、貴族とつながりのある裕福な商人の子女が入学していた。

国内には、他に三つの『王立学校』がある。

ボース辺境伯領の『ボース校』、ガルニア侯爵領の『ガルニア校』、そして、ミハイル・グランデル公爵領の『ハインツ校』だ。

この三校も、授業の中身は王都の学園と差はなく、貴族や裕福な商家の子弟が主に入学するのも同じだが、『王都の王立学校』は、その入学試験の難しさで他の学校とは一線を画していた。

ちなみに、ルートが入ろうとしていたのはガルニア校で、当時は裕福な家庭しか入れないことを知らずに、ミーシャもルートも入学の話をしていた。

「どうだ？　引き受けてくれぬか？」

「は、はい。あまりにも突然のことですぐにはお答えできませんでした。ですが、国王陛下の……」

「オリアスでよい」

「はっ。では……オリアス様直々のお言葉であれば、私が断る理由はございません……」

「おお、やってくれるか」

「はい、謹《つつし》んでお受けしたいと思います。ただ、一つだけお願いがございます」

「うむ、なんでも申してみよ」

「ありがとうございます。お願いとは、私にはまだやり残したことが一つございまして、それをやり遂げたあとで、そのお話をお引き受けしてもよいかということです」

「うむ。それはかまわぬが、やり残したこととはなにか、聞いてもよいか？」

「はい。私はポルージャのスラム街で生まれ育ちました。母は奴隷娼婦《どれいしょうふ》で、父はどこの誰とも分かりません。ですが、私は今まで一度も、自分が不幸だと感じたことはありません。なぜなら、生まれたときから今日まで、母や母の仲間の娼婦が、精一杯愛情を注いでくれたからです」

ルートはここで一度言葉を切り、息を吸い込んで続けた。

「もちろん生活は貧しいものでした。でも、母も娼婦たちも、少ない中から惜しげもなく私に食べ物や着るものを与えてくれました。私にとって、娼婦たちは大切な家族です。彼女たちをなんとか奴隷から解放し、自由な生活をさせてやりたい。十歳のときにそう決意して、これまで頑張ってきました。その目標を達成できたら、お言葉に従い、今度はこの国のために力を尽くしたいと思います」

「……そうか、分かった。楽しみにしておるぞ」

王は少し言葉を詰まらせながら、頷いた。

「はっ。わがままを聞いていただき、ありがとうございます」

ルートの言葉に王は頷き、ちょっと考えてからこう言った。

「奴隷を解放したいのであれば、わしの書状を持っていけばすぐに解放できるぞ」

「はっ。ありがたきお心遣い、恐れ入ります。ですが自分の力で成し遂げると誓ったことを、破るわけにはいきません」

「うむ、よくぞ申した。では、見事自分の力でやり遂げよ」

「はい」

王は返事をするルートをじっと見つめ、頷いた。

「甘いな。裏の連中は面子をなにより大事にするからな。こんな子供の言葉に簡単に頷くとは思えん。教皇様が奴隷制を見直すよう声明を出したが、そのままの国も多くある。素直に王の権力に頼ればよいものを……ふふ……」

「ミハイル、控えよ」

国王がミハイルを睨《にら》みつけて言う。

「オリアス様、ありがとうございます」

「ふん……」

ミハイルの声が静かな謁見の間に異様に大きく響いた。

こうして、ルートの初めての謁見は、ハプニングはあったものの無事に終わることができた。

『王都の王立学校』の教師の件は、予想外のことだったが、ルートにとって嫌なことではなかった。

密偵の訓練で、教えることの喜びと充実感を味わっていたからだ。

今の目標を達成したあとの第二の目標として、有為《ゆうい》の人材を育てるというのは、悪くないかもしれない。ルートはそう思うのだった。

謁見のあと、ガルニア侯爵はまだ用事があるからと、王城に残ることになり、ルートとジークはひと足早く帰路についた。

「ふぃ～、やっぱ、王様の前だと緊張が半端ねえな。商会の仕事のほうがよっぽど楽だぜ」

「本当、そうだね。早く帰ってゆっくりしよう」

ジークが運転する『魔導式蒸気自動馬車』は、軽快な蒸気音を響かせながら、王都の道を走り抜けるのだった。

◇　◇　◇

ルートたちが帰ったあと、王の私室では、王とガルニア侯爵がワインを酌《く》み交《か》わしながら、話を弾ませていた。

「面白い。あれは面白いな、叔父上。いったいどれだけのものを持っているのか、底が知れぬ。もしあれが野望を持つようになったら、厄介極まりないが……」

「まず、それはありますまい。先ほど聞いたとおり、彼の望みはささやかなものです。それ以上のことは望んではおりませぬ」

「まるで、伝説の教皇ハウネスト・バウウェルのようだな。神の力を持ちながら、それを他国への侵略などには使わず、全て民の幸福のために使った……」

王の何気ない言葉を聞いたとき、ガルニア侯爵は妙に納得した。

「ああ……そうか、彼の目に感じた畏《おそ》れは……陛下、案外陛下のおっしゃっていることは当たっているのかもしれませぬな」

「ん？　あの少年が、ハウネスト・バウウェルの生まれ変わりとでも？」

「あり得ぬ話ではないかと。あの目は人の嘘や悪意を見抜き、それを許さない。不思議な力を持っております。生まれ変わりでなくとも、神の力を授かっているのは間違いないかと」

「うむ、そうか……いずれにしろ、これから先、彼の動向には目が離せぬな」

王とガルニア侯爵はグラスに入ったワインを見つめながら、規格外な力を持つ不思議な少年のことを考えるのであった。

◇　◇　◇

同じ頃、ミハイルは王都の別宅の書斎《しょさい》の中を、落ち着かない様子で歩き回っていた。

そばには執事と側近の貴族二人、そしてしおれた花のようにうなだれたエリスがいた。

「欲しい、欲しいぞ、あの少年。ううむ、なんとかならぬか……」

「恐れながら、かの少年はガルニア侯爵が後ろ盾になっております。簡単には……」

「そんなことは分かっておるわっ！　だから、いい策はないかと言っておるのだ、馬鹿者っ！」

「は、ははっ」

側近たちがなにも言えず俯《うつむ》いていると、執事がふと思いついたように口を開いた。

「旦那様、かの少年はいずれ『王都の王立学校』の教師になるでしょう。さすれば、貴族の子女と毎日接することになります」

「ん？　なにが言いたい、ケネス。いや、待て、そうか、女か？」

「御意《ぎょい》」

「おお、流石だぞ、ケネス。あはは……うん、面白い。よし、作戦会議だ」

喜ぶ公爵と側近たちの中で、うなだれていたエリスの目が輝いたのに、気づく者はいなかった。

# 第四章　ルート、ついにイボンヌ・ガルバンと対面する

王との対面を終えてポルージャに帰ったルートは、その夜、ミーシャの帰りを待って、ジークとともにテーブルを囲んで話し合った。

「母さん、疲れて帰ったところにごめんね」
「ううん、大丈夫よ。なにか、大事なお話なんでしょう？」
「うん、これからのことを話しておこうと思って」

ルートは、王城での一部始終を話し、王から『王都の王立学校』の教師にならないかと誘われ、承諾したことを告げた。

ミーシャは驚くと同時に、大いに喜んだ。

「まあ、素晴らしいじゃない。あなたには学校に行ってほしかったけど、生徒じゃなく先生になるなんて、母さんは大賛成よ。ああ、ルート、あなたは母さんの誇《ほこ》りよ」
「うん、ありがとう。愛しているよ、母さん。それでね、教師になる前にどうしても片づけておきたいことがあるんだ」

ミーシャはルートがなにを言いたいか、もちろん分かっていた。

「そう、いよいよなのね……前にも言ったけど、私としては、あなたが稼いだお金は自分のために使ってほしいって思ってる。でも、私たちのために使うことが、あなたの幸せなのよね？」

「うん、そうだよ」

ミーシャは立ち上がって、ルートのところへ行き、最愛の息子を抱きしめた。

「……分かったわ。ルート、私たちを奴隷から解放してちょうだい」

「ああ、もちろんだよ」

ルートが喜びを抑えながら、真剣な表情で言う。

ジークは思わず目頭を押さえたあと、立ち上がって二人を同時に抱きしめた。

「よし、ルート、やるぞ」

「うん」

◇　◇　◇

次の日、ルートはジークとともに、娼館の三階にあるイボンヌの私室を訪ねた。

イボンヌはスラム街の顔役の一人で娼館を経営している。

「母さん、『タイムズ商会』の会長が会いにきているぞ」

イボンヌの息子であり、娼館のマネージャーでもあるジャンがドアの外から声をかけた。

「なんだって、『タイムズ商会』？　あのミーシャの息子が作ったっていう商会かい？　ふうん、なんだろうねえ……分かった、通しな」

すぐにドアが開かれ、ジャンに案内されてルートとジークが部屋に入る。

「僕のことはご存じかと思いますが、一応ごあいさつを。『タイムズ商会』の代表を務めています、ルート・ブロワーです。こっちは副会長のジーク・バハードです」

「ひひひ……娼婦の息子がたいそうな出世じゃないか。あたしゃイボンヌだよ。まあ、座りな。ジャン、一番いいお茶を持ってきな。安いお茶じゃ、お口に合わないだろうからね。ひひひ……」

イボンヌは大きな椅子から立ち上がって、来客用のソファに移動しながら、ルートを舐《な》め回《まわ》すように見つめた。

ルートとジークも彼女の反対側のソファに座る。

「ふうん……生まれたときに見たきりだったからね。ん？　いや、そう言えば、数年前に街はずれで一回会ったね。もうこんなに大きくなっていたなんて……ガキが成長するのはあっという間だね。それで、今日はなんの用だい？」

「今日は、あなたと取り引きをしたいと思ってきました」

ルートがイボンヌをまっすぐに見つめて言う。

「取り引き？」

「はい。しかも、あなたは儲けてこちらは損《そん》をする、という取り引きです」

イボンヌはしばらくいぶかし気な目でルートを見つめていたが、ふっと笑みを浮かべ、狡猾《こうかつ》な表情で言った。

「お前はバカだね。そんな騙《だま》し方《かた》じゃ、商売はできないよ、出直してきな」

「ああ、言い方が悪かったですね。こちらは損をしますが、それだけの価値があるものをいただきたいということです」

「ほお……まあ話を聞くだけは聞いてやってもいいよ。言ってみな」

「分かりました。ガルバンさん、新しい教皇様が各国に出された声明文はご存じですか？」

「ああ、聞いたよ。奴隷を失くしてほしいってやつだろう？　ひひひ……小娘の戯言《たわごと》さね。この世から奴隷がいなくなることは、金輪際《こんりんざい》ないね。それがどうかしたのかい？」

「本当に、そう思いますか？」

「ああ、神に誓《ちか》ってもいい。奴隷はなくならないね」

「でも、教皇様のお言葉はとても強い影響力がありますよ。無視することはできないと思います。特に、この国はハウネスト聖教国のすぐ隣《となり》ですからね」

イボンヌはまだ強気だったが、ルートの言葉を即座に否定することはできないようだった。

「ふん、そうなったら、そのときに考えればいいだけのことさ」

「そうですね。でも、もしものときのことを考えておくのは無駄ではないでしょう」

ルートはそう言うと、愛用のカバンから二枚の用紙を取り出して、イボンヌの前に広げた。

すると、ちょうどそこへ、お茶の用意をしてきたジャンが入ってきた。

「ジャン、お茶はそこに置いて、お前もここに座りな」

イボンヌが言う。ジャンが不思議そうな顔で母親の横に座ると、ルートは説明を始めた。

「実は、これはまだ誰もやったことのない、言わば世界初の商売なんです。でも、必ず当たると断言できます」

そう言って、ルートは紙を指さす。

イボンヌは食い入るように二枚の用紙を見ていた。

一枚は建物の見取り図で、もう一枚はなにかのサービスの説明と値段表が書かれたものだった。

「風呂？　……背中流し、マッサージ……なんだい、こりゃ？」

「ご覧のとおり、風呂を使ったサービス業です。僕はこれを『マッサージサロン』と名づけました」

「『マッサージサロン』？　聞いたこともない商売だね」

「はい、世界初の商売ですから。では、簡単に説明しますね」

ルートは、まず値段表を使って、自分の考えるマッサージサロンの説明を始めた。

「……このように、風呂に入るのが基本のサービスで、あとは、体の垢《あか》をこすること、マッサージをすること、を別途のサービスとして、追加料金を払ってできるようにします」

イボンヌはルートの説明を聞きながら、いつしか目を輝かせていた。

「なるほどねえ……確かに汗臭い男に抱かれたくないって言う娼婦は多いけどね」

「娼館と違うのは、ここでは女性の体を売らないということです。売るのはあくまで、マッサージの技術です。風呂はまだこの世界では一般的ではありません。大抵の人が、水を浴びたり、タオルで体を拭いてすませたりしています。一日汗だくになって働いた人が、風呂にゆっくり入って、汚れを落とせたら、きっとその気持ちよさにやみつきになるはずです。その上で、お金に余裕のある人には、さらに気持ちよくなるサービスを提供するわけです」

「ガキが、なんでこんなこと考えつくんだい？」

「あはは……そう聞かれても返事に困りますが……僕は商人です。人が望むもの、欲しがるものを考えるのが仕事ですから。これが答えでいいですか？」

（まあ、前世の知識を活用しているだけなんだけどね）

ルートは内心でそう思いつつ、答えた。

「ルートは天才なんだよ。今までこいつが考えた商品は、全て飛ぶように売れている。ルートが当たるって言ってるんだ、間違いなく当たるぜ」

ジークがだめ押しするように、そう言った。

「ふん、話は分かったよ。確かに上手くやれば儲かりそうだ。でもね、そのためには店を大掛かりに改築しないといけないだろう？　この図面のように。そんな大金、うちではとても用意できないのさ」

「ああ、それは僕が全部払いますよ」

「は？　な、なんて言った？」

「だから、改築費用とその他もろもろ、全て『タイムズ商会』で負担します」

ルートの言葉にイボンヌもジャンも開いた口が塞がらず、ルートをまじまじと見つめた。

やがて、イボンヌがどうにも納得がいかないような表情で言った。

「いったいなにを考えているんだい？　そっちになんの得があるって言うんだい？」

「はい、ではこちらの要求を申しあげます」

ルートはふうっと息を吐いてから、イボンヌを真剣に見つめて言った。

「母を含めて、現在ここで働いている娼婦たちを全員奴隷から解放し、僕の商会で引き取らせてください」

イボンヌはそれを聞いて、あっと小さく叫んでから、呆れた顔で笑い出した。

「あははは……いーひひひ……なんとまあ、たまげたねえ……ひひひひ……」

彼女はひとしきり笑ったあと、急にしんみりとした顔でルートを見つめた。

「もしかして、商会を立ち上げたのも、このためだったのかい？」

「はい、そうです」

「そうかい……」

気がつくと、イボンヌの目には光るものがあった。

「その年で泣かせるじゃないか……だがね、こっちも商売だ。改築の間は営業ができない。その間の補償《ほしょう》もしてくれるのかい？　それと、今までにない仕事なんだ。働き手がすぐに見つかるとは限らないよ。働く女がいなけりゃ、商売もできないんだ。そこは考えているのかい？」

「はい。改築は一週間以内でできる予定です。その間の補償も当然させていただきます。母たちの身請《みう》け金も含めて、現金でお支払いします。それと、母たちには、しばらくの間、この新しい仕事をやってもらおうと考えています。仕事のやり方は僕のほうで全員に教えますので、ご安心ください。新しい店の評判はすぐに上がるはずです。そうなれば、ギルドで募集をかけて面接をし、新しい従業員を増やしていけると思います」

ルートはここで一度言葉を切り、大きく息を吸い込んだ。

「ただし、約束してほしいことがあります。女性が嫌がることをさせないと、契約書に明記してください。さらに仕事の内容によって給料に差をつけて、お互いにそれで納得してもらいたいのです。それと、腕の立つ用心棒を必ず二人ほど雇ってください。初めのうちは、娼館と同じ感覚で従業員の女性に手を出そうとするお客が必ず出てくると思います。従業員を大切に守ってください。他にご質問はありますか？」

「たまげたねえ……ああ、もう十分に分かったよ。よし、契約成立だ」

イボンヌはにっこり笑うと、手を差し出した。

「ありがとうございます」

ルートは感極まって、言葉に詰まりながら、差し出された手を握った。

ジークが泣きながらルートを抱きしめる。

ついに、この瞬間、ルートは目標を達成したのだ。

「よしっ、ジャン。契約書の用紙を持ってきな！」

イボンヌがそう叫んだ直後のことだった。

ジャンがあわててドアのほうへ向かおうとしたとき――

「きゃ～っ！　いった～い！」

「ちょっと、押さないでよ!!」

「いいじゃないか、バレちまったもんはしょうがないよ」

甲高い叫び声とともに、ドアが開いて数人の女たちがバタバタと倒れ込んできたのである。

「な、なんだい、お前たちっ！　盗み聞きしてたのかいっ！」

倒れていた女たちは次々に起き上がると、驚くイボンヌを尻目に、ルートに飛びついた。

「ル～ト！　あああん、もう、だいすきだよ～」

「ありがと～、ルート！」

「ルート、ありがとう、ありがとう、ううう、うう……」

娼婦のポーリー、ベーベ、ロザリーがルートをもみくちゃにしながら泣《な》き喚《わめ》き、その後ろでマーベルとミーシャが抱き合って泣いていた。

もみくちゃにされ、涙や鼻水を顔に擦《こす》りつけられながらも、ルートは幸せを噛みしめていた。

その様子を見ながら、イボンヌがポツリとつぶやく。

「……あのとき、ミーシャの中絶費用を出し惜しんだばっかりに、とんだことになっちまったねえ」

それを聞いたミーシャは、涙でくしゃくしゃになった顔で微笑んで言った。

「ええ、あなたには感謝してもしきれませんわ。中絶費用をケチってくれたおかげで、こんな素敵な子を授かることができたんですもの……」

◇　◇　◇

ルートによる娼館の改装工事は、驚くべき速さで進められた。

もう魔法による建築にも慣れたものである。

契約を交わした翌日には、娼館の一階から荷物が運び出され、ルートが一晩で建てた公園の中の倉庫に、『運搬用トラック』で運び込まれた。

二日目には、ボーゲルから三台の『運搬用トラック』で、大量の大理石が運び込まれ、娼館の裏庭に積み上げられた。

そして、三日目からは娼館全体が、不思議な結界に覆われ見えなくなった。これは集合住宅を作ったときに使用した《スクリーン結界》だ。

それから二日間、中の様子は分からず、周囲にはほとんど物音も聞こえなかった。

工事が始まって六日目の朝、公園の倉庫から荷物が運び出され、娼館の中へ再び戻された。そして、それが工事終了の合図だった。

結界は解かれたものの、娼館の外観にさほど変化はない。

変わったところといえば、入り口が広い両開きの木製のドアになり、一階の窓が中が見える大きなガラス窓になったこと。

さらには、二階のベランダに大きな看板が取り付けられたことくらいだった。その看板には『マッサージサロン・ガルバン』と書かれていた。

それから一週間後、世界で初めて各種サービスを受けられる大衆浴場がオープンした。

「マッサージサロン？　なんの店だ？　ここって娼館だったよな？」

店の前を通った男が首を傾げる。

誰もが、聞きなれない看板の文字に首をひねり、窓から中の様子を覗き込んだ。

「よし、ものは試しだ、入ってみるか」

どこにでも新しいもの好きの開拓者はいる。

店の前にいた男は意を決して、店内へ入っていった。

「いらっしゃいませぇ、どうぞこちらへ」

「あ、あれ？　なんだ、やっぱり娼館か？」

かつてこの娼館を利用していた客は、おそろいの白いガウンをまとった娼婦たちを見て、以前と同じかとがっかりした。

しかし、そのあと彼女たちから店のシステムを聞いて驚くことになる。

「お、おい、どうだった？　例の『マッサージサロン』とかいうやつは」

翌日、職場で顔を合わせた同僚から感想を尋ねられた男は、にやけた顔でこう言った。

「へへへ……あれは最高だぞ。おい、聞きたいか？」

「本当か？　ああ、頼む。教えてくれ」

こうして、噂はあっという間に広まった。

「あのう、ここって女性も入れるって聞いたんですけど、本当ですか？」

もとの店を知っている女性たちは初め敬遠《けいえん》していたが、ある勇気ある女性のおかげで状況が変わった。

『乳液マッサージ』が天にも昇る心地よさで、肌もすべすべになるという噂が流れ、女性客が増え始めたのだ。

オープンから一か月が過ぎる頃には、かつては夜の店だったこの場所が、昼間でも賑やかな、人が溢れる場所になっていた。

ルートがはっきりとした料金システムを取り入れたのも効果があった。

基本の入浴料は安く、女性による垢すりと各種マッサージ料は高かった。だから、お客の大半は入浴までが多く、いかがわしい店というイメージがなくなっていったのである。

「ひひひ……こいつは驚いたねぇ、本当にバカ当たりしやがったよ。全く、大したやつだね、あのガキは……ひひひひ……」

イボンヌは商業ギルドに行って、従業員の募集を依頼した。

給料もよく、噂の人気店の募集ということで、面接には予想以上の数の女性たちが集まった。

未婚の若い娘から既婚の中年女性まで、年齢も経歴もばらばらである。

イボンヌは仕事の内容と給料について説明し、女性たちから希望する仕事を聞いた。そしてバランスを考えながら、最終的に十二人の新従業員が決まった。

ミーシャたちは、この新入りの女性たちを、一緒に仕事をしながら指導した。

それほど難しい仕事ではなかったので、一週間もすると彼女たちは仕事を覚え、客の扱いにも慣れてきた。

これでようやくミーシャたちは、晴れてイボンヌの店を卒業することになったのである。ただ、マーベルは引き続き、副マネージャーとして店に残ることになった。

「まあ、婆《ばあ》さんとは腐れ縁だからね。あの世に行くまで、もうしばらく付き合ってやるさね。それに、この仕事、案外気に入ってるんだよ」

マーベルは、心配するルートを抱きしめながら明るく笑うのだった。

余談だが、ルートはこの『マッサージサロン』も特許申請をして、特許料を払えば同じような店をオープンしてもよいとした。

しかし、ポルージャ以外で『マッサージサロン』が作られたのは、王都とガルニア侯爵領の領都ルンドガルニアだけだった。

というのも、お湯を常時補給するシステムに莫大《ばくだい》な費用がかかり、高い料金を取らないと採算が取れなかったからである。

イボンヌの店の給湯システムは、一部にルートのオリジナルの魔道具が使われていたのだ。

お湯を沸かすボイラーは『魔導式蒸気自動馬車』のやり方と同じで、これは誰でも簡単に設置できた。問題は水を常時供給する設備であった。

井戸水をくみ上げているところも多いが、一般庶民は、基本的に雑貨屋で売られている『水魔《みずま》石《せき》』というものを買って、蛇口の部分にある容器に入れている。

魔石に魔力を流すことで、必要な量の水を作り出すのである。

この『水魔石』は国立の工場で、専任の魔導士たちが、鉱山から採れた安い魔石に、およそひと月分を目安に魔力を込めて大量生産しているのだ。

ルートはイボンヌの店のボイラーに、この『水魔石』を使った。

ただし、ルートが使った『水魔石』は、最上級の魔石に大量の魔力を込めたものであり、いちいち魔力を流さなくても、水が減ったら自動的に補給するという機能付きである。

これは他の人間でも作ることができたが、それにかかる材料費や上級魔導士を雇う人件費が莫大なものだったのだ。

ポルージャは、グランデル王国の中でも、最先端の流行が生まれる街として、特に若者たちが憧れる人気の街になった。

高品質で目新しい商品を揃えた『タイムズ商会』と、疲れを癒《いや》し美容効果もある『マッサージサロン・ガルバン』は、国中の人が一度は行ってみたいと思う、ポルージャの名所となった。

# 第五章　商会の組織編成とビオラからの要請

とうとう、商会本店のレストランがオープンする日が近づいてきた。

せっかくなので、それにあわせて一階のお店を改装することになった。

これまで色々な商品を試作して、人々や市場での反応を見てきたルートは、本店で販売する主力商品を『魔導式蒸気自動馬車』、金属製品、薬品、化粧品、ファストフードに絞った。

店の庭には、『リープ工房』製の『魔導式蒸気自動馬車』を展示する。

さらに一階のフロアには、武器や武具、鍋、ケトルなどを売る金属製品のコーナー、ガルベスの薬屋、女性向けの日用品やコスメを売るコーナーを配置した。

二階は、フードコートである。

階段を上がってすぐの場所に、ドーナツ、ショートケーキ、プリンといったお菓子のショーケースを設置した。

そして、その奥にはたくさんの椅子やテーブルが並んでいて、客が好きなものを食べられるようになっている。

売られているメニューは、今のところ『唐揚げ』『カツサンド』『ハンバーガー』『フライドポテト』の四つだが、ルートはいずれ米を探し出して、『カレーライス』や『かつ丼』も売るつもりだった。

こうして本店は、ほぼ完成したが、そうなると今のままでは人手が足りない。

各売り場の売り子と責任者はどうしても必要だ。

そして、できたら営業担当、売り上げを管理し、給料や予算の振り分けを行う経理担当、お客からの苦情などを聞く渉外担当《しょうがいたんとう》も欲しかった。

「営業とトラブル担当はジークにやってほしい。副会長ということでよろしく」

「はあ……まあ、そうなるよな。分かった、色々教えてもらいながらやってみるよ」

ルートはにこにこしながら、事務室の壁に貼った大きな組織表の中に、ペンでジークの名前を書き入れていく。

「次に、二階のフードコートの責任者は、母さんにお願いします」

「えええっ！　ちょ、ルート、無理よ～」

「大丈夫だよ。母さんは計算もできるし、お客さんの相手をするのも慣れてるでしょ？　売り子さんは別に雇うから、後ろで見ながら、必要なときに手助けすればいい。それと、ロザリーに一緒に責任者になってもらおうと思っているんだ。母さんから話をしてもらえるとありがたいな」

ミーシャはなおも不安そうだったが、ロザリーと一緒ならなんとかやっていけるかもしれないと考えた。

「分かった、可愛い息子の頼みだものね。母さん、頑張ってみるっ！」

「ありがとう、母さん」

ルートは母親を抱きしめて頬にキスをしたあと、組織表にミーシャの名前を書き入れる。

「よし、じゃあ、あとは商業ギルドに行って募集をかけたり、適当な人を紹介してもらったりして決めることにするよ」

ルートはそう言うと、早速上着を着て外に出ていった。

事務室に残ったジークとミーシャは同時にため息を吐いて、顔を見合わせて苦笑した。

「だめな息子を持つ親が苦労するのは分かるが、優秀すぎる息子を持っても親は苦労するんだな」

「もう、他人事みたいに……今はあなたの息子でもあるんですからね」

ジークは笑いながら、ミーシャのそばに行って優しく肩を抱く。

「あはは……おかげで、今までの人生の何倍も濃い毎日を過ごさせてもらっているよ」

「今、幸せ？」

「死ぬほどな……」

微笑み合う顔がゆっくりと近づき、そのまま二人はキスをした。

◇　◇　◇

「ふむ、売り子と売り場の責任者は募集をかければ集まるとして……問題は、経理担当だな。計算能力のある人材は引く手あまたで、簡単には見つからん……」

商業ギルドのギルド長室で、ルートはベンソンと話し合っていた。

「そうですね。どうしても見つからないなら、僕がやるしかないですが……」

「いや、お前は渉外と研究開発をやるべきだ。侯爵家御用達《こうしゃくけごようたし》であり王室にも顔が利くとなれば、外部との交渉は楽に進められるだろう。新製品の開発も頑張ってもらわないといけないからな……ううむ、経理か……っ！　そうか、その手があった。ちょっと、待っていてくれ」

ベンソンはなにかを思いついたのか、目を輝かせてそう言うと、部屋を飛び出していった。

ルートがなんだろうと驚いていると、やがてベンソンは一人の青年を連れて戻ってきた。

「ブロワー、こいつに経理をやらせてみてくれないか？」

ベンソンはそう言うと、後ろに控えていた青年の背を押す。

「あ、ど、どうも、初めまして。ライル・バーキンと言います」

「はあ、あの、ベンソンさん、この人は？」

「うむ、ギルドの経理部で働いているライルだ。まだ、今年で三年目だが、優秀な男だ。こいつなら『タイムズ商会』の経理を任せても大丈夫だぞ。わしが保証する」

ライルはまだ二十を少し超えたくらいだ。苦笑しながらも嫌がっている様子はなかった。

「バーキンというと、もしかしてコルテスの……」

「おお、そのバーキン商会の次男坊だ。ライル、お前もこっちへ来て座れ」

「あ、はい。あはは……次男といっても、妾《めかけ》の連れ子ですから、家から追い出されたんですよ」

ライルはそう言って、悲しげに笑った。

(そういえば、少し前にバーキン商会の古株の運送係が、内部のごたごたで、商会の経営が傾いているって嘆いてたっけ……)

ルートはふと、そんなことを思い出した。

運送係の話では、会長が病死したあと、遺言書に従って遺産分けがあった。

その中で愛人とその息子にもかなりの額の遺産が配分されることになったという。

愛人の女性は長年会長の心の支えとして、陰で慎ましく暮らしていたそうだ。でも、正妻の家族は納得せず、かなりごたごたしたらしい。

ちなみに、正妻は従業員からはかなり嫌われていたとか。

結局、愛人の女性は遺産の受け取りを辞退し、代わりに亡き会長の血を引く息子を、バーキン一族に加えてほしいと願い出た。正妻の家族もそれを渋々承諾したという。

（……つまり、ライルさんは、その愛人の息子さんということか。そりゃあ、家にはいづらいだろうな）

事情を察したルートは、ライルに同情した。

「ライルさんは、バーキン商会で働いていたんですか？」

「はい、十六のときから三年間、さんざんこき使われました。もうそれ以上我慢できなくて、現会長とケンカをして家を出ました。まあ、向こうはそれが狙いだったのでしょうが……この街に来て、仕事を探しにギルドに相談に行ったら、ベンソンさんが声をかけてくれました。ギルドの職員として二年間働かせていただいています」

ライルは端的に説明した。

「ライルさん、よろしかったら、僕の商会に来てくれませんか？」

ルートはライルが信用に足る人物だと判断し、立ち上がって彼に言った。

ライルはすぐには返事をせず、数秒間じっと考えたあと、おもむろに立ち上がった。

「私でよければ、どうか働かせてください。ただ……まだ、自分がちゃんと仕事ができるか、自信がありません。ですから、しばらくの間、ギルドからの出向勤務ということにしていただけるとありがたいです」

ライルの言葉に、ルートとベンソンは顔を見合わせた。微妙な提案だったので、ルートはすぐに頷くことはできなかった。

「ライル、そんな中途半端な覚悟なら、この話はなかったことに……」

「ベンソンさん、ちょっと待ってください」

ライルに失望した様子のベンソンの言葉を、ルートが遮《さえぎ》る。

そして、俯いたライルに問いかけた。

「それがライルさんなりの覚悟ということですね？」

俯いていたライルは、その問いに顔を上げてしっかりと頷いた。

「どういうことだ？」

首をひねるベンソンに、ルートはライルの代わりに説明した。

「ライルさんは、なにかミスがあったとき、僕が解雇《かいこ》しやすいようにと考えているんですよ。解雇してもまたギルドに戻ればいいからと。でも、そうなったら恐らくギルドに復職はできないとライルさんは分かっているんです。つまり、自分で逃げ道を塞いでいるのです」

ルートの説明に、ベンソンは驚いてライルを見つめた。ライルは、ルートの鋭さに苦笑しながら頷いた。

「はい、ブロワーさんのおっしゃるとおりです。それに、私が頑張れば、それはギルドにも利益をもたらします。まだ、ベンソンさんへ恩をお返しできていませんので……」

「ライル……」

仕事のときは冷静なベンソンも、思わず言葉を詰まらせながら、ライルの肩をポンポンと優しく叩いた。

その日からライルは『タイムズ商会』に自分の仕事道具を運び込んで仕事を開始した。

そして、この日はさらに嬉しいことがあった。

「ありがとう、ロザリー、マリアンナ、アリア、助かるよ」

「とんでもない。こんないい働き口を世話してもらって、お礼を言うのはこっちさ。それに、ルートには返しきれない恩があるんだから、これくらいはさせてもらうよ」

「そうよ。ありがとう、ルート。私は算術と読み書きは習っているから、事務仕事ならお手伝いできると思うわ」

「あたしも頑張るからね、ルート」

ミーシャの話を聞いた元娼婦三人が、本店の仕事を手伝ってくれることになったのだ。

ロザリーとアリアはミーシャと一緒にフードコートの責任者、マリアンナは教養を生かしてライルの助手として働くことになった。

また、ベーベとセシルは『タイムズ商会』と教会が協力し作った、孤児院で働くことになった。

子供好きの優しいベーベと孤児の痛みを知るセシルなら、きっと子供たちの母親代わりになれるだろう。

ともあれ、こうして愛する家族である元娼婦たちが、それぞれの生き方を見つけて自立してくれることが、ルートには一番嬉しいことであった。

◇　◇　◇

売り子の募集と面接が終わり、いよいよ営業開始十日前になった。

今、店内では、スタッフの予行演習と打ち合わせが連日行われている。

他の商会やレストランを見学して、自分たちのやり方でマニュアルを作っているところだ。

ルートは、直営の工房へ行って、ポーションや乳液の品質を見たり、リープ工房へ行って魔法による合金製造の仕事を請け負ったりと忙しく動き回っていた。

そんなとき、ハウネスト聖教国の教皇ビオラから手紙が届いた。

「ビオラ様はなんだって？」

「うん……なにか僕に頼みたいことがあるらしい」

ルートの浮かない表情を見て、ジークは察した。

ルートの脳裏には、あの日の悪夢のような出来事がフラッシュバックしているのだろう。

「忙しいからって、断ればいいんじゃねえか？」

ジークの言葉に、ルートの心は揺れた。

正直、今はビオラに会いたくなかった。どうしてもリーナのことを思い出して、ビオラを責める気持ちが湧いてくる。

（あなたがいなかったら、リーナを失うことはなかったのに……）

そんな想いが出てくるたびに、ルートはまた自問するのだ。

（それでいいのか？　リーナは命を懸けてビオラを守った。だったら、リーナの遺志を受け継ぎ、ビオラを支えていくべきではないのか？）

考えても、答えは一向にでない。

「ああ、分かっている、分かっているんだ……」

突然、怒ったようにつぶやき、頭を抱えてうずくまったルートに、ジークは駆け寄った。

「おい、どうした？　ルート、おい、大丈夫か？」

「あ、ああ、ごめん、大丈夫だよ……」

ルートはそう言って立ち上がると、ジークを見た。

「ハウネスト聖教国に行ってくるよ」

ルートが決意したように立ち上がる。

ジークは、リーナを失ってからのルートを見てきた。がむしゃらに働き、明るくふるまい、身も心もそろそろ限界に近いのではないか。

だが、ジークはそんな風に思っていたのだ。

ジークはそんな風に思っていたのだ。


だが、ルートの目はまだ死んではいない。なにが彼を支えているのか、ジークには分からなかった。ただ、こんな目をしている以上は、彼を信じて見守るしかないと分かっていた。

「そうか……こっちのことは心配するな。オープンまではまだ時間がある。どんな用事かは分からないが、ゆっくり羽を伸ばすつもりでな」

「……うん、ありがとう……義父《とう》さん」

ルートが普段とは違う呼び方でジークを呼ぶ。

それを聞いたジークは、思わずルートの細い体を抱きしめて、金色の頭をわしわしと撫でまわしたのだった。

◇　◇　◇

「ねえ、シノン。やっぱりこちらのドレスのほうがよくないかしら……」

その日、ビオラは朝からそわそわと落ち着かない様子だった。

「どちらもお似合いでございますよ」

鏡の前で何着ものドレスを取り換えながら、体に当てている。

（そんなに迷うなら、いつもの正装でいいのでは？）

そんな主人の様子を見ながら、侍女は思わず苦笑する。そう思いつつ、口には出さなかった。

今回の訪問客は公式ではなく、ビオラの私的な客である。それも、彼女にとって特別な。

年相応の少女らしくおしゃれを気にする主人に、侍女は辛抱《しんぼうづよ》強く付き合うつもりだった。

一方ルートは『魔導式蒸気自動馬車』をゆっくり走らせながら、ボーゲルの街を目指していた。

聖教国の首都バウウェルまでは、ポルージャから一日半の距離だ。

だから、無理をせず、ボーゲルの街で一泊する予定だった。

ボーゲルに到着すると、まず宿をとってから、商業ギルドへ向かう。

「あっ！　ルー……おほん、これはブロワー様、お久しぶりでございます」

「お久しぶりです、エレンさん」

エルフの受付嬢が満面の笑みで迎えてくれた。

「本日はどのようなご用件で？」

「ええっと、用事というほどではないのですが、エドガーさんにちょっとお聞きしたいことがあって……今、いらっしゃいますか？」

「承知しました。少々、お……」

「おお、ルート、久しぶりだな。よく来てくれた。エレン、お茶を頼む」

まるで、ルートが来るのを待っていたかのように、奥の事務室からギルドマスターのエドガーが現れた。

そしてルートの肩に手を回して、二階へ連れていく。

「元気だったか？　痩《や》せて顔色があまりよくないが……」

「あはは……はい、元気ですよ。仕事が忙しくて、少し疲れていますが……」

「そうか。本店のリニューアルオープンがもうすぐだったな？」

「はい、八日後です。またお世話になります」

「ああ、わしも楽しみにしておる」

二人は年の離れた戦友のように、肩を並べて談笑しながら、二階の奥の部屋に入っていく。

「今日は仕事で来たのか？」

二人でソファに腰を下ろしたあと、エドガーが問いかける。

「いえ、実は……」

ルートはビオラの手紙のことをエドガーに話した。

「ふむ、やはりそうであったか……」

エドガーが小さく何度か頷いたとき、エレンが声をかけて、ワゴンを押しながら部屋の中に入ってきた。

トレイにはいつもの紅茶と『ドーナツ』が盛られた皿があった。

『タイムズ商会』が売り出したドーナツは、瞬《また》く間に国中に、そして国境を越えてハウネスト聖教国にも広がっていた。

作るのが簡単な上に安価でボリュームもあったので、貴族から庶民まで幅広く愛され、色々な種類のドーナツが生まれていたのだ。

「実はな、この何週間か、ビオラ様は国内の経済を活性化させたいと、意欲的に民間の者を神殿に招いて話を聞いておられるのじゃ。わしも二回ほど招かれて話をしたのだが……どうもビオラ様はまだ枢機卿《すうききょう》たちのことを信用できないでおられるようでな……今後のことを考えるといささか心配なのじゃ」

「なるほど……そういうことでしたか」

ルートは、自分が招かれた理由を理解し、エドガーに小さく頷いた。

「枢機卿の方々からすれば、部外者の僕が国の政策に口を出すのは面白くないでしょうね」

ルートは紅茶を冷ましながら言う。

エドガーは紅茶を一口すすると、少し考えてからルートに視線を向けた。

「恐らく、ビオラ様の頭の中にはいくつかの施策があるのであろう。お前が呼ばれたということは、その施策について意見を聞き、最終決定をしたいからではないか？」

「はあ、なるほど……」

ルートはカップを手にしたままじっと考え込む。

「ルート、率直に聞くが、この国の経済を活性化させるにはなにが必要だと思う？」

エドガーの問いに、ルートは紅茶を味わいながらしばらく考えた。エレンも興味を惹かれてルートの隣に腰を下ろす。

「この国を隅々まで見ないとなんとも言えませんが……」

ルートはそう前置きすると、慎重に言葉を探しながら答えた。

「以前からお話を聞いていて、この国の人たちはとても信心深く、あまりお金儲けとか、将来への投資に積極的ではないという印象を持ちます。どうですか？」

「うむ、そのとおりじゃ」

エドガーもエレンもうんうんと頷く。

「そうなると、必要なのは、短期的には『豊かさへの刺激』、長期的には『豊かさの実感』、を人々が感じることかと……」

「ほお、面白いのう。具体的には、どうすればいい？」

「そうですね……その前にお尋ねしますが、この国の冒険者はどの程度のレベルですか？」

問われてエレンもエドガーも渋い顔でゆっくりと首を横に振った。

「冒険者ギルドに勤めている友人に以前聞いたけど、国中でAランクパーティが三組しかいないらしいわ。当然Sランカーもいない。そもそも、冒険者自体が少ないのよ」

「えっ、でも、魔物はいるんでしょう？　どうしているんですか？」

「魔物を退治するのは領兵の仕事と昔から定められておるのじゃ。もちろん緊急の場合は、冒険者にも手伝ってもらうが……」

「ああ、なるほど……じゃあ、冒険者の仕事は主に素材採集とダンジョン探索、それに商人の警護くらいですか？」

「うむ、そうじゃな」

「ダンジョンはいくつかあるけど、今言ったように高ランクの冒険者がいないから、ある程度探索が進んでいる『廃墟のダンジョン』以外はまだ、あまり探索されてないわね」

「それはもったいないですね」

「「もったいない？」」

エドガーとエレンは同時に声を上げて、首を傾げた。

「ええ。冒険者は、よく言えば金払いがいい、悪く言えば金遣いが荒いんです。明日は死ぬかもしれない。持っている金はパーッと使うべきという考えの者が多いです。今、コルテスの街は『毒沼のダンジョン』に挑戦する冒険者たちのお陰で大変な活況を呈《てい》しています。この国には『廃墟のダンジョン』の他に未踏《みとう》のダンジョンが複数ある。それを利用しない手はありません。つまり、冒険者たちに稼いでもらって、どんどんお金を使ってもらう。これが、短期的な『豊かさへの刺激』です。一方、長期的な『豊かさの実感』を生むには、『特産物』を作るのがよいですね。それもできるだけたくさん」

エドガーとエレンは、しばらく固まって、じっとルートを見つめていた。

「すごい……こんな簡単な答え、どうして今まで誰も考えなかったのでしょうか？」

「はあぁ……まあ、これが天才たるゆえんじゃろうな。言われてみれば、あたりまえのことなのに、難しく考えすぎて見落としてしまう。まずは、実行できる簡単なことから考えればいいのじゃよ」

エドガーとエレンはしきりに頷きながら、語り合う。

ルートは、ただ分かりやすい例を挙げただけのつもりだったので、思いのほか称賛され、あたふたしてしまった。

「分かった。冒険者ギルドのマスター、ルイドにも話しておこう。自国の冒険者を育てるために、ルートは領兵が魔物退治をやりすぎないよう、ビオラ様にお願いしてくれぬか？」

「はい、分かりました。『特産品』についても、少し調べて後日報告しますね」

エドガーたちとの話を終えて、ルートは商業ギルドをあとにした。

「ダンジョンについての情報も聞いておくか」

そのまま宿には帰らず、冒険者ギルドへ足を運ぶ。

そろそろ夕方になろうという時間帯だ。それなのに、冒険者ギルドの中は閑散《かんさん》としていた。

どこのギルドでも、この時間帯は依頼を終えて帰ってきた冒険者たちでごった返している。

しかし、このボーゲルの冒険者ギルドでは、十人余りの冒険者たちがたむろしているだけだった。

「すみません……」

「はい、ようこそ当ギルドへ。どのようなご用件でしょうか？」

受付のかなりベテランに見える女性が、少し驚いたような顔で対応する。

「ええっと、僕は隣のポルージャから来たのですが、この国のダンジョンについての情報を教えていただけませんか？」

「ダンジョン、ですか？　失礼ですが、冒険者の方ですか？」

「ええ、一応Aランクの冒険者です。これが、カードです」

ルートがAランクと口にしたとたん、周囲にいた冒険者たちがざわめく。

リーナが行方不明になったあと、教皇護衛の任務の功績によって、ルートはAランクに昇格していた。

「っ！　まあ、失礼しました。あなたが、ビオラ様を護衛してくださったブロワー様でしたか。その節は大変お世話になりました」

「あ、いや、どうも……今は、そのことは……」

ルートは小さく頭を下げると、声を潜めてたしなめた。

「も、申し訳ございません。あ、あの、ダンジョンの情報でございますね。少々お待ちください」

受付の女性は何度も頭を下げながら、奥の書棚に引っ込み、ごそごそと書類を探していた。

やがて何枚かの書類を持って戻ってくる。

「今のところ、これがこの国のダンジョンの全ての情報になります。閲覧料《えつらんりょう》として銀貨五枚をいただいていますが、ご覧になりますか？」

「はい、見せてください」

ルートは皮袋から銀貨を五枚取り出して彼女に渡した。そして、書類を受け取ると、談話ラウンジに行って一枚ずつ熱心に読み始める。

「なあ、ちょっといいか？」

不意に横から声が聞こえてきて、ルートは顔を上げた。そこには冒険者の男女が三人集まっていた。

「はい、なんでしょうか？」

ルートは彼らを見ながら尋ねた。

「君、Aランクなんだろう？」

「え、ええ、まあ……」

「そのAランク冒険者の君が、ダンジョンの情報を調べているってことは……」

「どこかのダンジョンを探索する予定ですよね？」

「あ、いや、まだ、探索する予定は……」

「え？　探索しないのか？　あ、そうか、まず一緒に入る仲間を集めるんだな？　よし、俺たちが一緒に行くぜ。俺たちはBランクパーティ『聖《せい》なる翼《つばさ》』だ。俺はリーダーのエリック。ご覧のとおり、戦士でタンク役だ。防御は任せてくれ」

「俺はマリオン、剣士だ。よろしく」

「わ、私は魔導士のアデリアです。遠距離攻撃と回復を担当しています。よろしくお願いします」

冒険者たちは、ルートが呆気に取られている間に勝手に自己紹介をして、パーティを組むと決めてしまった。

「あ、ちょ、ちょっと待って……」

ルートはあわてて、誤解を解くために話し始めた。

「え？　じゃあ、ただ調べていただけなのか？」

「はい、そうです。ただ……」

ルートはそこで少し考えて続けた。

「……うん、もしかすると、これがきっかけの一つになるかもしれませんね。よし……『聖なる翼』の皆さん、僕がバウウェルから戻ってきてから、よければ一緒に『廃墟《はいきょ》のダンジョン』を探索しましょう」

「おお、分かった。もちろんいいぜ」

エリックが嬉しそうに言う。三人は大喜びで拳をぶつけ合った。

「あ、でも、『廃墟のダンジョン』は、バウウェルの近くにあるんだから、私たちがバウウェルに行けばいいんじゃない？」

「ああ、それもそうだな。わざわざ戻ってこなくてもいいからな。よし、君、そういうことだから、用事がすんだらバウウェルの冒険者ギルドに来てくれ」

アデリアとエリックがそう言う。

「分かりました。そうしてもらえると助かります。僕は、ルート・ブロワーと言います。どうぞよろしく」

「ああ、こちらこそ」

ルートと『聖なる翼』の三人は握手を交わし、その後しばらくダンジョン攻略に向けて話し合った。

「すっかり暗くなったな」

冒険者ギルドを出たルートは、夜空を見上げながら宿へと向かったのだった。

◇　◇　◇

シュシュシュッ……

軽快な蒸気音を響かせて、ルートが運転する『魔導式蒸気自動馬車』がつづら折りになった石畳みの坂道を上っていく。

坂道の上には、ティトラ神教の総本山である白い大理石の大神殿が聳《そび》え立《た》っている。

この坂道を徒歩で上っていく人々や、その横を通りすぎていく馬車の列が絶え間なく続いている。

皆、世界中から訪れた巡礼者たちである。

坂道を上り終えると、そこには広大な広場があり、土産物や記念品を売る店や、食べ物を売る店などが、軒《のき》を連《つら》ねている。

そして、広場の先には神殿に上がるための三百段の石段があり、神殿から出てくる人々とこれから神殿に入る人々がすれ違っていく。

ルートもその広場の脇にある停車場に着いて、何十台も並んだ馬車の後ろに自動馬車を止めた。

ガラ～ン……ゴゴ～ン、ガラ～ン……

不意に鳴り響く荘厳《そうごん》な鐘の音に、広場にいた人々も、神殿の中にいた人々も何事かと驚いて足を止め、思わず空を見上げた。

「っ！　こ、これは、大鐘楼《だいしょうろう》の鐘の音。なぜ……誰が鳴らしているの？」

教皇室でルートを迎える準備を終えて座っていたビオラも、驚いて立ち上がりあわてて部屋の外へ飛び出した。

大鐘楼の鐘は、特別な儀式のときや国が定めた記念日に鳴らされるもので、普段は鳴ることはない。

「教皇様っ、こちらにおいででしたか」

「大司教、これはどういうことですか？」

実務面の長である老いた大司教は荒い息を吐きながら、ビオラのもとへやってきた。

「それが、全くもって不可思議な出来事でして……誰も鐘を鳴らした者はおりませぬ」

「な、まさか、そんなこと……」

「はい、どういうことやら……機械室の鍵はかかったままですし、見張りに聞いても誰も機械室に入った者はいないと……魔法が使われた形跡《けいせき》もございません」

ビオラはそこまで聞いたとき、ハッとして思わず胸に手を当てた。

「まさか……いいえ、きっとそうだわ。ああ、主《しゅ》よ、あの方がおいでになったのですね？」

「ビオラ様、なにを……？」

「大司教、皆になにも心配ないと、すぐ伝えてください」

「そ、それは、どういう……」

「神の啓示です。すぐに行きなさい」

色々説明するより、嘘を吐いたほうが早いと思ったビオラは適当に答え、心の中で謝罪した。

大司教は、それを聞くと大喜びで天を仰ぎ、神への賛辞の言葉を叫びながら走り去っていった。

一方、ルートは広場を横切る途中で、その鐘の音を聞いた。

「……また、余計なことを……」

今にも舌打ちしそうな顔でそうつぶやくと、人々が騒ぐ中をすたすたと神殿の中に入っていく。

そして、以前なら礼拝堂に立ち寄って、神々に祈りを捧げたが、入り口のシスターにお布施《ふせ》の銀貨を手渡すと、巨大な神々の石像には目もくれず奥へ進んでいった。

ルートはリーナを失ったことで、神への信頼を失くし、逆に神々を恨む気持ちを抑えることができなくなっていた。

「あ、ひ、光が……」

高額なお布施だけ渡して去っていく少年の後ろ姿を、不思議そうに見つめていたシスターは、礼拝堂の横の柱の陰から少年を追うように伸びていく光を見た。

彼女はあわてて礼拝堂の中を見たが、どこにも光を発するようなものはなかった。

祈りを捧げている人々も、なにも気づいていない様子である。

シスターはもう一度通路の奥を見たが、すでに少年の姿も光もそこにはなく、薄暗い闇が続いているばかりであった。

「よく来てくれました、ルート、久しぶりですね」

「教皇様には、ご機嫌麗《うるわ》しく……」

嬉しさを必死に抑えながらルートを迎えたビオラは、ルートのあいさつに冷水を浴びせられたような気持ちになった。

「そ、そんなあいさつはやめて……私たちは友達ではありませんか」

ビオラがそう言うと、ルートは下を向いたまま、黙って部屋の中に入ってきた。

「シノン、お茶を……ルート、こちらへ」

ルートは言われるままに、ビオラの向かいのソファに座る。

「やはり、私のことを恨んでいるのですね……」

ソファに腰を下ろしたビオラは、小さなため息を吐いたあと、悲しげに問いかけた。

ルートは静かに首を横に振って言った。

「いいえ、あなたにはなにも思うところはありません……」

ビオラは怪訝な表情でルートに詰め寄ろうとしたが、その前にルートが口を開いた。

「……ただ、あなたの向こう側に神が見えてしまうんです」

ビオラはあっと叫んで、痛々しい姿のルートから目を逸らした。

「……あの『毒沼のダンジョン』で話をした夜、あなたはこう言いました。『なぜ、神様は悪人を罰せず、罪もなく苦しんでいる人たちを救ってくださらないのか』……覚えていますか？」

「はい、覚えています」

「私はそのときからずいぶん考えました。そして、こう考えることにしたのです。『神の御心を人間が推し量ることはできないのだ』と……ルート、あなたの怒りを承知で尋ねます……」

ビオラは少し間を置いてから、静かに続けた。

「リーナさんが生きているかもしれない、とは考えられませんか？」

ルートの肩が電流に撃たれたようにビクッと震え、しばらく呆然としたあと、顔を上げてようやくビオラをまともに見つめた。

「な、なにを……」

「ずっと不思議に思っていたのです。なぜ、リーナさんの遺体がなかったのか……」

「そ、それは……すさまじい爆発で跡形もなく……」

「血の一滴《いってき》さえ残さずですか？　リーナさんはどこかへ転移させられた、とは考えられませんか？」

確かにビオラが言っていることは理《り》にかなっている。

もちろん、ルートもリーナが転移した可能性を考えた。だが、それを否定する事実がいくつかあったのだ。

一つ目は、あの忌まわしい爆発が起きる寸前、ビオラを襲った刺客であるホレストの右腕が、転移魔法陣の光に触れて切断されたことだ。あの光はそれほど危険ですさまじい破壊力を持っていた。

転移魔法陣の中心にいたリーナは、それをまともに受けた可能性が高い。

二つ目は、もし、幸運にリーナがどこかに転移したとするなら、なぜ帰ってこないのかということだ。たとえ外国に転移したとしても、冒険者ギルドか商業ギルドに行けば、最低限連絡はできるはずだ。それがないということは、リーナが死んだか、転移した先が連絡の取れない場所である可能性が高い。

三つ目は、もし、リーナが生きているなら、神からなんらかの知らせがあってもいいのにそれがないことだ。ルートは、真実を知るのが怖くて、そして、もしリーナが死んでいたとしたら、恐らく神への怒りで我を忘れてしまうだろうと思って、神殿で祈ることをやめていた。

しかし、ビオラは毎日神に祈っているのだから、彼女にお告げがあってもいいはずだ。

それがないということは、やはり悲しい現実を受け止めるしかないのだろう。

ルートはそんな風に考えていた。

そして、なるべく冷静に自分の考えをビオラに話した。

「……確かにそうですね。でも、確実な証拠《しょうこ》はない。もしかしたら、リーナさんは記憶を失くしているから、連絡してこないのかもしれません。いずれにしろ、ただ、悲しみ、絶望して前に進まないより、わずかでも希望を持って前に進んだほうがいい、そう思いませんか？」

「……あなたは強いですね……それが神を信じる力でしょうか。僕は、理不尽な運命を恨むことしかできない。神を手放しで信じる気にはなれないのです。でも、あなたの考え方は正しいと思います……」

ルートはそう言うと、柔らかい笑顔を浮かべて続けた。

「僕も……希望が全てついえる日まで、信じてみようと思います」

そう言うルートを見て、ビオラはこみ上げる涙をこらえながら頷いた。

「ええ……私も一緒に神に祈り続けます」

「今日、僕がここに呼ばれた理由をお聞きしてもいいですか？」

「ああ、そうでしたね。でも、その前に、その言葉遣いをやめてくれませんか？　なんだか突き放されているように感じます」

ビオラの言葉に、ルートは苦笑しながら頷いた。

「分かりました……では、そうさせてもらうよ」

ビオラはようやく本来の笑顔になって紅茶を口に運んだ。

そして、ルートに来てもらった理由を話し始めた。

それはやはりエドガーが推測したとおり、国内の経済を活性化させるためにルートのアドバイスが欲しいということだった。

そこで、ルートはエドガーたちに語った内容をもう一度ビオラにも説明した。

「……なるほど……『豊かさへの刺激』と『豊かさの実感』ですか。やはり、あなたに相談してよかった。経済を発展させるためには、確かになによりもまず人々のお金を使う意欲を高めることが大事ですね。政策ばかりに気を取られていました」

「お役に立てたのならよかった。各地の特産物については、僕も欲しいものがいくつかあるから、リストアップしておくよ。その中から、生産できそうなものを選んでもいいし、今あるものの中で売り出したいものを送ってくれてもいい。また連絡するから……それと今日と明日、『廃墟のダンジョン』の探索をやることにしたから」

「っ！　それは楽しみですね。ふふ……」

ビオラは目を輝かせて嬉しそうに微笑むのだった。

◇　◇　◇

ビオラとの会談を終えたルートは、その足でバウウェルの冒険者ギルドへ向かった。

ハウネスト聖教国ではまだ珍しい『魔導式蒸気自動馬車』に、街の人々の注目が集まる。

停車場で馬車の横に駐車する頃には、周囲に人だかりができていた。

ルートは苦笑しながら、人々の好奇の視線の中を抜けて足早に冒険者ギルドに入った。

「おお、ブロワーさん、こっちです」

バウウェルの冒険者ギルドの中も閑散としていた。

談話コーナーにいた三人の冒険者が、ルートに向かって手を振る。

「すみません、待たせましたか？」

「いやいや、むしろ早かったので驚いていますよ。もう、用事はすみましたか？」

「はい、終わりました。早速ですが、手続きをすませて、ダンジョンに向かいましょう」

ルートはそう言うと、頷く三人と一緒に受付に向かった。

「あの……」

「はい。ようこそ当ギルドへ。本日はどのようなご用件でしょうか？」

金髪の若い受付嬢は、張り切った声と笑顔で応対した。

「この四人でパーティ登録をお願いします。『聖なる翼』に僕が一時的に加わる形です」

「了解しました。では、皆さんのギルドカードをお願いします」

ルートたちはそれぞれのカードをカウンターの上に置く。

受付嬢は金色のルートのカードを少し驚いたように見て、確認用の魔道具に一枚ずつ差し込んでいく。

「はい、確認いたしました。では、パーティ『聖なる翼』にルート・ブロワーさんが参加ということですね。こちらの用紙にリーダーの方が記入してください」

「俺でいいのか？　ブロワーさんがリーダーのほうが……」

「いえいえ、あくまでもパーティのリーダーはエリックさんですよ」

エリックはそう言われて、少し照れた様子でペンを握った。

「ああ、それと、今から『廃墟のダンジョン』に潜ろうと思うのですが、なにか注意することはありますか？」

「いいえ、特にはありません。マップはお持ちですか？」

「一応もらってもいいですか？」

「承知しました。銀貨八枚になりますが、よろしいですか？」

ルートはカウンターに銀貨を置いた。

「ブロワーさん、私たちも払います」

「いや、大丈夫ですよ。その代わり、帰ってきたら食事の美味しい店を紹介してください」

「あ、は、はいっ、お任せください」

アデリアが嬉しそうに頷いた。エリックが用紙を提出して、手続きが終わった。

「では、『廃墟のダンジョン』に行ってきます。帰りは夕方にくらいになると思います」

「分かりました。記録しておきます。行ってらっしゃい」

受付が完了し、ルートたちは冒険者ギルドを出た。

「ブロワーさん、『廃墟のダンジョン』までは歩くと三時間くらいかかる。馬車代は俺たちが持つから、馬車を借りようぜ」

「ああ、大丈夫ですよ。馬車ならありますから」

「おお、流石Aランクだな。専用馬車を持っているのか」

マリオンは感心したように言う。

ルートはにこにこしながら、三人を停車場まで連れていった。

「これです。どうぞ乗ってください。運転は僕がやります」

『聖なる翼』の三人は、目の前にある『魔導式蒸気自動馬車』に言葉を失った。

「あ、あの、こ、これって……」

「じ、自動馬車！　私、乗るの初めて」

「皆初めてさ。すげえ……乗っていいのか？」

三人は興奮しながらも、おっかなびっくりといった様子で自動馬車に乗り込む。

「じゃあ、出発しますよ」

三人の冒険者たちを乗せた『魔導式蒸気自動馬車』は、バウウェル郊外の草原と森の中を軽快な音を響かせて走り抜けていく。

『廃墟のダンジョン』は、約二千年前、建国の祖ハウネスト・バウウェルが最初に街を築いた場所にある。魔女ローウェン・ジッドをはじめとする、三人の悪魔たちとの戦いで、この街は廃墟と化した。悪魔たちを退けたあと、ハウネスト・バウウェルは神託を受けて、現在の場所に大聖堂を建て、改めて国造りを始めたのだ。

崩れた石垣や石造りの建造物が果てしない草原を埋め尽くし、風が悲しげな音を響かせて吹き渡っている。しばらくその物悲しい廃墟の中を進んでいくと、新しい木造の小屋が立っており、何人かの兵士が暇そうに焚火のそばにたむろする様子が見えてきた。

『魔導式蒸気自動馬車』の音に気づいた兵士たちが、こちらに近づいてくる。

「止まれ〜っ」

兵士の声を聞いたルートは馬車を止めて、窓から顔を出す。

「お疲れ様です。僕たちはダンジョン探索に来た冒険者です」

「ほお、珍しいな。ギルドカードと探索の申し込み書を見せてくれ」

エリックが三人分のカードと申込書をルートに手渡し、ルートはそれを兵士に提出する。

「よし、確認した。この、自動馬車は小屋の前に止めてくれ」

兵士たちは珍しそうに『魔導式蒸気自動馬車』のあとについてくる。

「じゃあ、入るぞ。準備はいいか？」

エリックの声に、ルートとあとの二人が無言で頷く。

ダンジョンはかつての神殿の地下室への階段を下りていくところから始まっていた。

最初は暗闇が続く石造りの狭い廊下だったが、やがてぼんやりと明るくなって周囲のものが見えるようになってきた。これはダンジョンの特徴の一つであり、魔素が濃くなってきたことを証明するものでもあった。

「そろそろ魔物が出てくるぞ。注意しろよ」

「ええっと、僕が三〇〇メートル先まで《索敵《さくてき》》しますので、なにか来たら知らせますよ」

「さ、三〇〇？　すげえな……」

マリオンが目を丸くする。

『聖なる翼』の三人は、改めてルートの能力に唖然とした。

「この先はT字路になっていますね。右にいくつか魔物の反応があります。左は今のところなにも反応はありません。どちらに行きますか？」

ルートの問いに、先頭を行くエリックは少し考えてからにやりと笑った。

「せっかくAランカーと一緒に潜っているんだ。戦わないという選択肢はないだろう？」

「ああ、このメンバーなら大抵のモンスターは倒せる」

「わ、私も回復頑張ります」

「じゃあ、右へ行きましょう」

四人は頷き合うと、戦闘態勢を作って通路を進んでいった。

通路の先から現れたのは、ゴブリンの集団だった。後方に弓を持つアーチャーや杖を持つメイジの姿も何体か見える。

「《ライトアローッ》！」

ルートの先制魔法が飛んでいく。後方のアーチャーやメイジの集団が気味の悪い悲鳴を上げて、バタバタと倒れていく。

「助かるぜっ！」

前衛のエリックとマリオンが突撃し、ゴブリンたちを蹂躙《じゅうりん》していく。

「グギャギャギャ」

二人が討ち漏らしたゴブリンが、剣を振りかざしながらルートに襲いかかってきた。

ルートはメタルスタッフを構えて、アデリアの前に進み出る。

「《スリープッ》」

闇魔法がゴブリンに当たり、剣を構えたまま前のめりにバタリと倒れ込む。

「アデリアさん、とどめを。少しでも経験値を稼ぎましょう」

「は、はいっ」

アデリアは腰に差した解体用のナイフを抜くと、素早く駆け寄り、ゴブリンの首を切り裂いた。

ゴブリンの体が光の粒になって消え、小さな赤い魔石が残る。

アデリアはその魔石を拾って収納袋に入れた。

「いやあ、敵の遠距離攻撃がないと楽だな」

戦闘が終わり、エリックたちも散らばった魔石を拾いながらニコニコ顔だ。

「さあ、どんどん進んでいきましょう。今日中にできれば二十五階層まで行きたいですからね」

「「おうっ、行こうぜ」」

その後もルートが加わった『聖なる翼』は、快進撃を続けた。

ルートはかつて『時の旅人』で一度このダンジョンに潜り、三十九階層まで攻略ずみだったので、そのおかげでサクサク進んでいくことができた。

その日、予定どおり二十五階層まで到達したルートたちは、大量のお宝や素材を抱えてバウウェルの街に帰ってきた。

パンパンに膨らんだリュックを背負った『聖なる翼』は、街の人々の驚いた視線を受けながら、ニコニコ顔で冒険者ギルドの扉を勢いよく開けた。

「さ、三十六万ベニーっ！　……す、すげえ、一回潜っただけで二か月分の稼ぎだぜ」

ドロップした回復薬、銀貨、剣や盾などから、必要なものを四人で分け合い、残りの不要なドロップアイテムや魔石をギルドの交換所で換金した。

『聖なる翼』の面々は、酒場に移動し、歓喜の祝杯を掲げる。

「全て、ブロワーさんのお陰だよ、本当にありがとう。これ、少ないけど今日のお礼だ」

リーダーのエリックはそう言って、十万ベニーをを皮袋に入れてルートに差し出した。

「いや、僕はいりませんよ」

「え？　で、でもそういうわけには……」

「そうだよ。ルートさんがいなければ、こんなに稼げなかったんだから……」

「どうぞ、受け取ってください」

「んん……困ったな……じゃあ、お金の代わりに、僕のお願いを聞いてくれますか？」

三人に詰め寄られて、ルートは困惑した表情をしてこう言った。

「ああ、もちろんだ。俺たちにできることなら協力は惜しまないぜ」

三人が頷くのを見て、ルートは心の中でガッツポーズをしながら、要望を口にした。

その内容は、自分に渡す予定だったお金を、できるだけ目立つように今日中に使ってほしい、というものだった。

「は？　そ、それって、どういう意味があるんだ？」

エリックも他の二人もぽかんとした顔をしている。

「意味は大いにあります……」

ルートはそう言うと、ハウネスト聖教国を経済的に発展させる手段の一つとして、冒険者の活動を活発にして、お金を使ってもらおうとしていること。そのために協力してほしいことを打ち明けた。

「……なるほど、そういうことだったのか」

「うん、それなら俺たちにもできることはいくつかある。ぜひ、協力させてくれ」

「ええ、そうね。私たちも、冒険者仲間が活気づくことは助かるもの。ぜひ、協力したいわ」

エリックたちも大いに賛同して、ルートに協力することを約束した。

「……ということで、今日は俺たちの奢《おご》りだ、遠慮なく飲んでくれっ！　乾杯っ！」

エリックが酒場にいた客たちに声をかけた。

「「「ウオォーッ！」」」

歓声が響き渡る。

「明日も俺たちはブロワーさんとダンジョンに潜る予定だ。一緒に来たいやつはついてきていいぞ。ただし、自分の身は自分で守れよ！　明日は、最下層の三十九階層を目指す！　当然、今日以上の金も手に入れる！　どうだ、一緒に来るかっ？」

「「「「「ウオォーッ!!」」」」」

再び、怒号のような声でその場が沸き上がった。あとは、ジョッキをぶつけ合う音と、大声のおしゃべりが果てしなく続く。

翌日、街の人たちは、二日酔いの冒険者たちが、ぞろぞろと列を作って、門の外へ出ていく姿を見かけたという。そして、門の外で待っていた少年が彼らに右手をかざすと、水を得た魚のようにピンと背筋を伸ばし元気になり、感謝しながら三台並んだ『魔導式蒸気自動馬車』に乗り込んでいった。夕方になると、大きなリュックを背負った賑やかな冒険者の集団が『魔導式蒸気自動馬車』から下りて、嬉々として冒険者ギルドを目指して歩いていった。

◇　◇　◇

「本当に世話になった。街も国もこれまで以上に賑わうだろう。ありがとう」

「いや、こちらこそ感謝しますよ、僕の計画に協力してくれて。どうもありがとう」

「巡り巡って自分のためになるんだ。喜んで協力するさ」

ルートとエリックが固い握手を交わす。

門のそばで、ルートは『聖なる翼』の三人と別れのあいさつをしていた。

「ポルージャにも、そのうちお邪魔するわ」

「うん。ぜひ来てください。美味しい料理をご馳走しますよ」

ルートはそう言うと、『魔導式蒸気自動馬車』に乗り込んだ。

「それじゃあ、また」

シュッ、シュッ、シュッ、シュッと軽快な蒸気音を発しながら自動馬車が走り出す。

窓から手を振りながら遠ざかっていく少年を、『聖なる翼』の三人は、見えなくなるまで見送るのだった。

その後、『聖なる翼』の活躍に刺激されて、『廃墟のダンジョン』に挑戦する冒険者たちが次第に増えた。それとともに冒険者たちが落とす金のお陰で、バウウェルの街も経済活動がより活発になっていった。その噂は、波のようにハウネスト聖教国全体に広がり、冒険者を目指す少年少女たちが増えていく。さらに教皇ビオラが打ち出したある政策も、冒険者たちの活動を後押しした。

その政策とは、魔物の討伐を領兵の仕事とする法を改訂し、冒険者ギルドに討伐の方法を一任するというものだった。つまり、魔物の強さや数によって冒険者に任せるか、領主に頼むか、ギルドが決定できるようにしたのである。

ハウネスト聖教国以外の国はこの方法を採っており、ようやくハウネスト聖教国と他の国の制度が同じになったことで、国をまたいだ冒険者の交流が活発になった。

「ただいまぁ」

「おお、おかえり。なんとかオープンには間に合ったな」

人知れずハウネスト聖教国の経済を活性化する種をまいたルートは、疲れた顔で苦笑いしながら、『タイムズ商会』の事務所に帰ってきた。

「ああ、やることが多すぎて目が回りそうだよ」

ため息を吐きながらソファに座り、ハウネスト聖教国の特産物はどんなものがよいだろうかと考えながら、ルートは窓から見える遠い空を見つめるのだった。

# 第六章　光の導き

トッドはリーナにプロポーズした日以来、悶々《もんもん》とした日々を過ごしていた。

リーナの寝込みを襲って、無理やり自分のものにしようと、何度考えたか分からない。

しかし、日頃彼女の恐ろしいほどの強さを目の当たりにしていたので、逆に自分が痛い目に遭うことは分かっていた。

今はおとなしくリーナの記憶が戻るのを待つしかなかった。

「じゃあ、行くべ」

「ん」

その日も、二人は朝から獣《けもの》を狩りに森の中へ出かける。

「今日は、奥の湖に行ってみるべ。そろそろ、オオミズトカゲの産卵時期だでな。湖にたくさん集まってきているはずだ。やつらの肉や皮は高値で売れるんだべ」

「ん、分かった」

リーナが前を歩き、周囲を魔力で感知しながら山道を上っていく。

春になり、魔物や獣たちの動きが活発になっていた。

時折襲ってくるホーンラビットや、食肉プラントなどの魔物を倒しながら、四十分ほど歩いたところで、森が開け、目の前に大きな湖が広がる。

「おお、いるいる。だども、ちょっと数が多すぎるだな」

確かに、トッドが言うように、朝日を反射して輝く湖の周辺には、草が生《お》い茂《しげ》っていて分かりづらいが、かなりの数の青いオオミズトカゲの個体が確認できる。

オオミズトカゲは産卵期になると、岸辺に上がり交尾を行う。

その際、メスをめぐってオス同士の激しい争いが起きるのは、他の生物と同じである。

今も、岸辺のあちこちで鳴き声が聞こえ、激しい水しぶきが上がっていた。

「よし、なるべく群れからはぐれたやつを狙うべ。オラが、囮《おとり》になって引きつけるだで、リーナがとどめを刺してくれ」

「ん、分かった」

二人はゆっくりと移動しながら、群れからはぐれた個体を探す。そして、それはすぐに見つかった。トッドが一匹のオオミズトカゲを指さし、リーナが頷く。

トッドは身をかがめながら個体に近づいていく。

「ほら、こっちさ来い。ほれ……ほれ……」

「ウガッ！」

まだ若いオスの個体は、トッドに気づき、ゆっくりと彼のほうへ近づいてきた。

リーナは草の陰に身を隠して、トッドとオオミズトカゲが近づいてくるのを待つ。

ところが、そのとき、予期せぬことが起こった。

湖の水面から、突然水しぶきが上がり、黒い影が猛烈な勢いでトッドへ向かっていったのである。

「トッド、逃げてっ！」

リーナは叫ぶと同時に、草陰から飛び出していた。

ようやく異変に気づいて、恐怖に顔を引きつらせるトッド。

きらめく水しぶき、朝日を背に襲いかかる黒い影……時間がゆっくりと流れる中、リーナは《加《か》速《そく》》を使ってトッドに近づき、彼を突き飛ばした。

襲いかかってくる黒い影に向かってダガーを構える……

朝日の眩しさに目を細めたとき、リーナの脳裏に、これと同じような光景がよみがえった。

（っ！　……ビオラ様が危ないっ！　……ルートっ、上っ！　……なに？　光？　えっ……ルート、ルート助けて、ルート！）

かつての記憶を思い出し、リーナは動きを止めた。

「リーナっ！」

トッドの声に、はっと我に返ったリーナは、襲いかかってきた大きなオオミズトカゲの横をすり抜け、トッドに向かっていた個体をダガーで一文字に切り裂いた。

「グゲエエエッ！」

血しぶきを地面に飛び散らせながら、向きを変えて今度はリーナに襲いかかるオオミズトカゲ。

リーナは地面を蹴ってジャンプし、落下の勢いのままオオミズトカゲの脳天にダガーを突き立てた。この騒ぎに、他のオオミズトカゲたちが気づき、二人に向かってくる。

「トッド、やつらが来る。逃げるよ」

「だ、だども、せっかく獲った獲物が……」

「命が大事、早く」

リーナはトッドを引っ張るようにして、森の中へ走っていった。

三分ほど全力で走った二人は、開けた場所でようやく立ち止まった。

トッドはしばらくハアハアと息を整えながら、屈んでいた。

「はあ……おめえのおかげで命拾いしただ……これでおあいこだな。へへ……」

ようやく顔を上げたトッドは、そう言ってリーナに視線を向けた。

「ん？　リーナ、どうしただ？　泣いているのか？」

リーナは木にもたれて俯いていた。そして、その頬を伝って涙が地面にぽたぽたと流れ落ちていた。

「ん……大丈夫……これは嬉し涙……」

「嬉し涙？」

リーナは涙で濡れた顔を上げて、微笑みながらトッドを見た。

「思い出したの……やっと……やっと、なにもかも……思い出したの……」

それを聞いて、トッドは愕然《がくぜん》とし、青ざめた。しかし、最後の望みに賭けて、リーナに問いかける。

「そ、そうか、よかっただな。じゃあ、約束どおり、オラの嫁っこになってくれるべ？」

リーナは目を伏せて、小さく頭を下げた。

「ごめんなさい、それは、できない。私は帰らないといけないの。私を待ってくれている人がいるから……」

「そ、それは男か？」

リーナはこくりと頷いた。

「その男のこと、好きなのか？」

「……今まではあまりそんなことは考えなかった。可愛い弟、大事な家族……そんな感じだった」

「だったら、オラと……」

「でも……でも、お嫁さんになるなら、その人以外には考えられない……いつか、その人のお嫁さんになれたら……」

リーナは真っ赤になって俯き、トッドはがっくりと肩を落とした。

「だから……ごめんなさい。トッドには本当に感謝している。いつか、お礼をしにまた来るね。じゃあ……私、行くから……」

リーナは、がっくりとうなだれたトッドの横を通りすぎていく。

思い出したからには、一刻も早く皆に会いたかった。

「リーナっ、ま、待ってくれ、リーナ……」

「いつか、また会いにくるから……さよなら、元気でね」

「リーナ～」

トッドの悲痛な叫びに胸を痛めながらも、リーナは振り返らず走った。

木々の間を風のように、銀色の髪をなびかせて、活き活きと若い獣のように、リーナは走り続けた。

(きっと、皆、私が死んだと思ってる……あれから、ずいぶん時間が過ぎた……ルート、ルート、ごめんね、悲しい思いをさせて……待ってて、今行くから……）

リーナはそう心の中で言って、一気に山をかけおりるのだった。

◇　◇　◇

その日、ルートは久しぶりにスライムのリムとラム、カラドリオスのシルフィーを散歩に連れていこうと思い、外に出た。

石段に座って靴ひもを結び直しながら、ルートは向かい合った二棟のアパートを見上げる。

もうすぐ、このおんぼろアパートともお別れだ。

奴隷から解放された娼婦たちは、『タイムズ商会』が経営している店で、それぞれが自分で仕事を選んで働き始めていた。

ミーシャとポーリーは料理と接客のスキルを活かして、商会本店二階のフードコートで、『唐揚げ』と『カツサンド』の店を担当している。

ロザリーとアリアはスイーツ売り場の担当として頼りになる存在だ。

マリアンナは賢《かしこ》くて計算も得意だったので、経理部長のライルの下で経理補佐になってもらった。

ベーベとセシルは、孤児院で子供たちの世話係として働いている。

心優しいベーベはたくさんの子供たちに囲まれて、大変だが毎日幸せそうにしていた。

セシルは、自分と同じ境遇の子供たちに、希望を持って強く生きてほしいと、やりがいを感じながら活き活きと仕事をしていた。

ルートは、アパートを取り壊して、ここに新しく彼女たちが住む集合住宅を作る予定だった。彼女たちが家庭を持って、子供たちが産まれてもゆったりと生活できるように、四階建ての集合住宅を二棟作る予定だ。

ルートの魔法を使えばすぐにでも作り変えることができたが、なかなかその踏ん切りがつかなかった。なぜなら、このアパートには思い出がたくさん詰まりすぎていたからだ。

ルートが陽だまりに座ったまま小さなため息を吐いたとき、不意に柔らかい腕が後ろからルートの首に絡みついてきた。

「っ！　マーベル……」

「ふふ……どうしたんだい？　ため息なんか吐いちゃって」

マーベルはルートの柔らかい金色の髪の毛にキスをしながら、抱きしめた。

「うん、大きくなったねえ、もうすぐこんなこともできなくなるね」

「あたりまえだよ。僕、もう子供じゃないんだからね」

「そっかあ……もうすぐ大人になるんさね。でも、あたしにとっては、ルートはいつまでも、可愛い可愛いルートだよ」

「あはは……やめてよ、くすぐったいよ」

「だからね、ルート……」

マーベルは、抱きしめた腕に少し力を込めて囁《ささや》いた。

「泣きたいときは、泣いていいんだよ」

「っ！　……な、なにを急に……」

「無理して、大人びて、我慢しなくていいんだよ。泣いていいんだよ……でもね、自分や神様を憎んじゃだめ。いいかい？」

マーベルの腕の上に、ぽとぽとと温かい涙が落ちる。

小さく震えるルートの体を、マーベルはしばらくの間優しく抱きしめていた。

「マーベル、ありがとう……」

「うん……でも、お礼を言うのはあたしのほうさね。ありがとう、ルート……あたしたち皆を幸せにしてくれて」

「僕は……皆からもらった幸せにお返しをしただけだよ。まだ、足りないけどね」

「また、この子は……今度はね、自分の幸せを見つけるんだよ」

マーベルはそう言うと立ち上がって、ルートの手を引っ張った。

「前を向いて、元気出すんだよ、いいね。目を背けないで、ちゃんと自分の心の中の神様と向き合うんだよ。そうすりゃ、後悔なんてしないで生きていけるんだから」

「うん、分かった。本当にそのとおりだ。ありがとう、マーベル」

マーベルはもう一度ルートを抱きしめて、頬にキスをした。そして、手を振りながら『マッサージサロン・ガルバン』のほうへ去っていった。

ルートは彼女を見送ると、カバンを肩にかけて街の門のほうへ歩き出した。

「さあ、皆、遊んでおいで。ただし、なにかあったらすぐに帰ってくるんだよ」

ルートが声をかける。

門から出て、森へ行く途中の草原に着いた。ここはかつてルートが魔法の練習や薬草採集によく使っていた場所だ。

カバンから出てきた従魔たちは、ルートの言葉に嬉しそうに反応した。

スライムのリムとラムは、交互にピョンピョンと二回跳《は》ねてから、森の中へ消えていった。二回跳ねるのは肯定のジェスチャーだ。言葉は通じないが、たぶんそうだろうとルートは思っている。

カラドリオスのシルフィーは、「ピ～ッ」と一声鳴いて飛び立ち、ルートの上を何回か回って、森のほうへ飛んでいった。

ルートは、従魔たちが帰ってくるのを待つ間、草原に座り魔法で工作をすることにした。

この世界は、地球と比べると、色々なものが遅れているし、不足している。

その中でも、ルートが特に足りないと思うのは、子供の遊びや知育のための道具だ。

（子供たちが安全に遊べて、基本的な読み書き、計算などができるようになる道具を、いくつか商会で売りたいな。う～ん、まずはどんなものがいいかな？）

ルートの頭に最初に浮かんだのは、絵本だった。

こちらの世界にも本屋はあるが、そこで売られているのは全て手書きで、一点ものだ。しかも恐ろしく高い値段だった。大量印刷の技術がないのでしかたがないが、せめて子供に読んで聞かせる絵本くらいは安価に手に入るようにしたかった。

ルートは近くの木や土を使って、印刷機のミニモデルを作り始めた。

魔法で細工するのは、ルートの得意分野である。ああでもない、こうでもないと独り言をつぶやきながら、見る見るうちにたくさんの部品が周囲に溜まっていった。

カラドリオスのシルフィーは、森の上を気持ちよく飛び回りながら、遊び相手になる鳥獣はいないか、気配を探していた。森の中にはたくさんの魔物の気配があり、中には多量の魔力をあたりにまき散らしている強力な魔物もいるようだった。

そのとき、シルフィーは、ふと記憶にある魔力を感じた。シルフィーは、その魔力の方向へ飛んでいく。ルートはそんなシルフィーの様子に気づかないまま、工作に没頭して、絵本を出版するための方法を考えるのであった。

◇　◇　◇

リーナは、リンドバルからずっと走り続けていた。早く皆に会いたい、その一心で。

だが、流石にずっと《加速》を使って走り続けることはできなかった。

コルテスまでもう少しというところで、魔力切れを起こし、リーナは道の横の草の上に倒れ込んでしまった。

通りかかる人々は、明らかに獣人族と分かる少女から目を逸らし、黙って通りすぎていく。

「おい、大丈夫か？　おい、しっかりしろ」

でも、中には変わった人もいる。

一台の馬車が止まり、農夫らしき男が降りてきて、リーナに声をかけた。

「おお、よかった、気がついたか。水、飲むか？」

農夫はそう言って、自分の水筒《すいとう》の栓《せん》を開けて差し出した。

「あ、ありがとう」

リーナはよろよろと起き上がると、農夫に礼を言ってごくごくと美味しそうに水を飲んだ。

「まだ飲んでいいぞ。水はたっぷり馬車に積んであるからな」

「ん、もう大丈夫。本当にありがとう」

「そうか。どこへ行くんだ？　コルテスまでなら乗せていくぞ」

「ポルージャ」

「ポルージャか、流石にあそこまではなあ」

「ん、大丈夫。少し休んだら歩けるようになるから」

「そうか、じゃあ、気をつけてな。ああ、そうだ、こいつをやろう」

農夫はそう言うと、馬車の荷台からよく熟《う》れた赤いトマトを取り出して、リーナへ放り投げた。

「うちで作ったトマトだ、美味いぞ。じゃあな、気をつけるんだぞ」

「ありがとう」

農夫は手を振りながら、馬車を動かして去っていった。

リーナは、農夫に頭を下げてから、もらったトマトをありがたく頬張った。甘酸っぱい汁が溢れ出し、疲れた体に染み渡るようだった。

そのあと、三十分ほど体を休めたリーナは、再び走り出した。まだ、ポルージャまではかなりの道のりだが、休みながら《加速》を使えば、彼女にとってそれほど遠い距離ではなかった。

しばらくして、リーナは、ようやく遠くにポルージャが見えるところまで来た。

しかし、何度も魔力切れを起こしかけ、皮のブーツの中の足はあちこちが擦れてまめができ、それが潰れて、血だらけの状態だ。それでも、荒い息を吐きながら、懸命に足を動かす。

「ピ～ッ！」

不意に頭の上から、よく通る甲高い鳥の鳴き声が聞こえてきた。

リーナは聞き覚えのあるその鳴き声に立ち止まって、青く澄んだ空を見上げる。

「っ！　シルフィーッ！　シルフィーッ」

見間違うはずがない。これほど美しく、珍しい鳥の魔物が他にいるはずもない。

大きな白い魔物も、リーナだと認識して一直線に舞い降りてきた。

「シルフィーッ！　ああ、やっぱりシルフィーだ……」

「ピ～、ピッ、ピイ、ピピ……」

リーナとシルフィーはしばらくの間、抱き合って久しぶりの再会を喜びあった。

「ねえ、シルフィー。ルートは？　近くにいるの？」

「ピー、ピピ、ピピッ」

シルフィーは肯定するようにさえずって、ふわりと舞い上がった。

そして、ついてこいと言わんばかりに、リーナの前を低く飛び始めた。

リーナは元気をもらったように、疲れた体に鞭《むち》を打ってまた走り出した。

◇　◇　◇

ルートがあれこれと印刷機の仕組みを考えていると、近くの草がカサカサと音を立てて、二匹のスライムが姿を現わす。

「リム、ラム、おかえり。十分遊んだかい？」

ルートの問いに、二匹のスライムはピョンピョンと二回ずつ飛び跳ねた。

「そうか。じゃあ、シルフィーを呼んで帰るとしようか」

ルートが二匹のスライムを抱えて立ち上がる。そして、もう一匹の従魔を探すために空を見上げた。

「ピ〜ッ！」

すると、思ったより近いところから甲高い鳴き声が聞こえる。

「あれ？　なんだ、シルフィー。えらく低空飛行してきたな」

「ピー、ピピッ、ピ〜ッ！」

ルートのところへ戻ってきたシルフィーは、なにやら伝えたいことがあるのか、空中に浮かんだまま、盛んに鳴き声を上げた。

「ん？　どうしたんだ、シルフィー？　なにか見つけ……っ！」

ルートの目が、ふらふらしながら遠くから走ってくる人物を捉えた。

その瞬間、彼の腕に抱かれた二匹のスライムが、地面に落ちた。落ちたスライムたちは、ポヨン、ポヨンとむしろ楽しげに飛び跳ねた。

リーナの目に、太陽に照らされた一人の人物が映っていた。明るい金色の髪が日差しを受け、そこだけ特別に輝いて見えた。

「ルートッ！　ああ……ルート、ルート……ルート……」

からからの喉からは、かすれた声しか出ない。でも、リーナは必死に愛しい人の名を叫んで、足を引きずりながら走った……もどかしいほど前に進まない。

ルートも、彼女に気づいて走り出した。

（もうすぐ、もうすぐ会える。あの陽だまりのように温かい手に、もう一度触れることができる。

彼が近づいてくる……近づいてくる）

涙で顔はグシャグシャになり、互いの姿はぼやけてよく見えない。

とうとう、二人は再会を果たし、リーナは溢れる気持ちに身を任せ、ルートの胸に抱き着いたのだった。

# 第七章　ルート、先生になる

リーナの奇跡の生還は、ルートのみならず、彼に関わりがある人々をも幸せにした。

それは街の人々から、商人たち、何人かの貴族、そして王族に及んだ。

それほど、今のルートはこの国にとって大きな影響を与える存在になっていたのだ。

そして今ルートは、グランデル王国の王都にある『王立子女養成学問所』、通称『王都の王立学校』の魔法学科の教師をするため、準備を進めている。

これまで、色々なことがあった。

『タイムズ商会』の経営は順調というか、今やこの国で十本の指に入るほどの大商会になっていた。

当然会長としての仕事は山積《さんせき》している。

しかし、王との約束だったので、教師をやらなければならなかった。

心苦しい決断だったが、一切の仕事を副会長のジークと彼の妻になった母親のミーシャに託し、リーナと二人だけで、王都へ移住したのだった。

二人が王都で暮らすために購入した家は、学園区から少し離れた郊外の古い一軒家だった。

周囲を鉄製の柵《さく》で囲まれたこの大きな屋敷は、かつて貴族たちが定期的に会合を開く場所として使われていた。会合と言っても堅苦しいものではない。

いわゆるサロンのようなもので、かなりいかがわしいことや怪しいことに使われていたらしい。

ところが三十年ほど前のある日、ここで貴族同士の喧嘩が起こり、決闘が行われた末、一人の貴族の男が死亡したのだ。

それ以来、その場にいた貴族たちに次々と不幸が襲ったらしい。

貴族たちは死んだ男の呪いだと恐れ、それからしばらくしてこの屋敷は封鎖されたのである。

王都の人々から『呪《のろ》いの館《やかた》』と恐れられ、誰も住む者がいなくなり、あとは朽《く》ち果《は》てるのを待つだけの屋敷を、ルートとリーナは大喜びで購入した。

とある伯爵家が所有していたが、管理は商業ギルドが行い、長年購入者を探している物件だった。

そのおかげで二人はかなり格安（とはいえ、一般の市民から見れば高価だったが）で手に入れることができたのである。

ルートはギルドで購入手続きをし、現金で支払いをすませると、早速屋敷に行って、リフォームを行った。

「ふふ……相変わらずルートの魔法はすごい……人間とは思えない」

リーナは驚きながらも、楽しげにルートについてまわり、屋敷が真新しく、機能的になっていく様子を見ていた。

結局、二人が新しく購入したのはベッドと寝具、各部屋のカーテン、それと風呂や水道、コンロに使う魔石くらいだった。

◇　◇　◇

「じゃあ行ってくるよ」

「ん、気をつけて」

「リーナも気をつけるんだよ」

「ん、分かってる。心配しないで」

着任予定日の朝、ルートは黒の詰襟《つめえり》のスーツに真新しい黒いローブをまとって、出発した。

もちろん移動手段は『魔導式蒸気自動馬車』である。

リーナはルートを見送ると、着替えをして武具を身につけ、王都の冒険者ギルドへ向かった。

ルートが教師の仕事をしている間、彼女はフリーの冒険者として依頼をこなすことにした。

理由は、体がなまらないようにというのと、情報収集のためであった。

冒険者ギルドに行けば、あらゆる最新の情報を耳にすることができる。

特に『タイムズ商会』の商売に関わる情報は、リーナがルートに報告し、ルートが分析を加えて、ポルージャのジークに伝えていた。

さて、『王都の王立学校』は、王城の近くにあり、広大な森や湖、平原を所有している。教室棟、研究棟、訓練施設、生徒寮はもちろん、教会まである広大な教育施設だった。

正門から少し離れたあたりには多くの店や宿屋、民家が立ち並び、もはや、学園都市と言っても過言ではない。

学校の周囲は高い石垣で囲まれ、その上には頑丈な鉄製の柵まである。入り口には衛兵の詰所があり、出入りする者を厳重にチェックしていた。

「どうぞ中へ。次、前へ～～」

新年度の入学式を五日後に控え、門の周囲は、寮に入る地方の貴族の子女、様子を見にきた近隣の貴族の子女の馬車が埋め尽くし、衛兵が総出でチェックにあたっていた。

一番後ろに並んだルートのもとに、一人の衛兵が走り寄ってきた。

「失礼いたします。もしや、新任のブロワー先生でしょうか？」

「どうも、ご苦労様です。はい、今日からお世話になります、ブロワーです」

衛兵はそれを聞くと、直立不動の姿勢で敬礼をした。

「ようこそおいでくださいました。衛兵長のクロフトであります。職員専用門にご案内いたします。

どうぞ、こちらへ」

衛兵長はそう言うと、右手で方向を指し示しながら、走り出した。ルートは徐行しながらそのあとを追いかける。

職員専用門は正門から五十メートルほど離れた場所に設置され、専任の衛兵が番をしていた。

「これをどうぞ。所長よりお渡しするように預かっておりました」

衛兵長は運転席の窓から一枚の小さな金属のプレートを手渡した。

それは、ルートの名前が彫られたネームプレートで、胸にピンで留められるようになっていた。

「ありがとう。ええっと、この馬車で中に入っていいのかな？」

「はい、この先の右手が停車場になっております。馬車を停めたら、左手の階段から中へお入りください。校舎に入ってすぐの部屋が事務部になっておりますので、お声がけいただけば、係の者がご案内いたします」

「分かりました。色々ありがとうございました。今後ともどうぞよろしく」

「はっ、こちらこそよろしくお願いします」

衛兵長にあいさつをして、ルートは鉄の門を入る。

衛兵の態度がかなり下手《したて》に出たものだったということは、この学校の教師は相当高い地位のようだ。ルートは少しくすぐったい気持ちを抱きながら、階段を上っていった。

◇◇◇

「では、ご案内いたします。その前にネームプレートをおつけください。この学園には約四百人の生徒と百三十人の職員がおります。まずは名前を覚えていただかなくてはなりませんので……」

「あ、はい、すみません」

事務室であいさつをすると、いかにも仕事ができるといった感じの、アップヘアにタイトなスーツを着た女性事務員が、ルートの案内役として出てきた。

胸に輝くネームプレートには、カリーナ・バロールという名が彫られている。

女性のあとについて、荘厳な感じの石造りの校舎の中を進んでいく。

やがて廊下の突きあたりで女性が立ち止まった。そこには女神マーバラの石像があり、その横に扉のようなものがあった。

女性は、石像があいさつをしているように上げている左手に、胸のネームプレートを押しつけた。

すると、横の扉がスーッと開いた。

「どうぞ、中へ」

「は、はい。へえ、ネームプレートにはそんな役目もあるんですね？」

「そうです。マーバラ様の石像がある《転移ボックス》は職員専用で、生徒は使えません。くれぐれもネームプレートは落としたり、盗まれたりしないように気をつけてください」

「分かりました」

「では、所長のお部屋に転移します」

女性はそう言うと、扉の横の壁にいくつかはめ込まれた魔石のうちの、一番上の『学問所長官室』と書かれた魔石のプレートに手を触れた。

すると、床に転移魔法陣が現れて、淡い光がルートたちを包んだ。

「やあ、よく来たな。待っておったぞ」

ルートが転移陣で移動した部屋は、恐らく高い塔の上なのだろう。

だだっ広い部屋の中は、広い窓から差し込む光で明るく照らされ、高価な絨毯《じゅうたん》が敷《し》かれていた。

壁はシックな木造りで、木製の調度品が並んでいる。

窓からは、学校の敷地である森や草原、湖が見え、遠くには海も見通すことができた。

ところが声は聞こえたのだが、肝心の所長の姿が見当たらず、ルートはおろおろとあたりを見回す。

「所長はあちらにおいでです」

案内してきた事務員の女性が、小さな声でそう言って、手のひらを正面の大きな机に向けた。

いた……机の向こう。

高い背もたれの革張りの椅子に埋まるように座っていた。

机の上にギリギリ目から上が出ているのだ。

「あ、し、失礼しました。本日からお世話になります。ルート・ブロワーです」

「うむ。カリーナ、ご苦労であったな。下がってよいぞ」

「はい、では後ほどお茶を持ってまいります」

「うむ。ああ、カリーナ。ついでに教頭にもあとで来るように伝えてくれ」

「承知しました。では失礼します」

カリーナが頭を下げて《転移ボックス》の中へ戻ると、この学園の最高権力者は椅子の上に立ち上がって、ピョンと机の上に飛び乗った。

「わしがこの学校の所長、正式には学問所長官じゃがな。ルルーシュ・リーフベルじゃ」

金色の髪、グリーンの瞳、小さな顔の横から突き出た尖った耳、恐ろしく整った顔立ち。

間違いなくこの学園の最高権力者は、エルフ族の少女だった。

しかも、まだ八歳くらいにしか見えない。

「驚いておるようじゃな、ふふ……まあ、しかたがない。わしの類まれな美貌《びぼう》には大抵の者が驚くからのう」

（い、いや、驚いているのはそこじゃないから）

ルートは心の中で突っ込みを入れて、愛想笑《あいそわら》いを浮かべ尋ねた。

「ああ、ええっと、校長先生と呼ぶほうがいいでしょうか、それとも所長がいいでしょうか？」

「ここの職員たちは皆、所長あるいは長官と呼んでおるな。しかし、先生という響きはいいのう。わしは先生と呼んでもらいたい。だから、君は今後わしのことを『リーフベル先生』と呼ぶのじゃ」

「えっ、僕だけ違う呼び方でいいんですか？」

「かまわん、かまわん。君は魔法学科の教授として、国王に推挙《すいきょ》された。いわば、わしの直弟子のようなものじゃからな」

（え？　どういうこと？　意味が分からない）

ルートは頭にハテナマークを浮かべたが、あとで聞いた話によると、彼女とルートは二人とも国王の要請を受けた魔法使いということで、師と弟子の関係だと言ったようだった。

その昔、リーフベルは、エルフ族の歴史上最高の魔導士の一人と噂されていた。

その噂を耳にした先代のグランデル王が三十三年前、直接エルフの里を訪れ、彼女に所長になってほしいと懇願《こんがん》した。

そのとき、王がエルフ族に提示した条件は破格のものだった。エルフの居住区を自治区とし、独自の法律を認め、さらに永久に無税とするというものだった。

リーフベルはその申し出を受け入れた。

彼女は、机の端に座りルートを手招きする。

「ふむ……外見はまあ、いたって普通の少年じゃな……」

（そりゃあ、すいませんね。なんか腹立つ）

「ステータスを見て構わぬか？」

（へえ、鑑定系のスキルを持ってるのか）

心の声で反応しながら、ルートはリーフベルをまじまじと見つめる。

「ええっと、できればお断りしたいのですが、いずれはバレるんですかね？」

「うむ……まあ、鑑定スキルは少ないとはいえ、職員も生徒も何人かは持っておるからな」

「《魔《ま》法防御《ほうぼうぎょ》》を使えば、防げるのでは？」

「ほお……《魔法防御》のスキルを持っておるのか？」

「いえ、僕は持っていません。でも、持っている人は知っています」

リーフベルは、立ち上がって顎に手をやりながら机の上をゆっくり歩き回った。

「ふむ……ステータスを見られるのが嫌じゃということは、とんでもないスキルを持っておるということか？　じゃがな、一応この学校の最高責任者として、全職員、全生徒のステータスを知っておかねばならぬ……」

彼女はそう前置きしてから、ルートを振り返って見下ろした。

「わしが確認したら、ステータスを見えなくする魔道具を貸してやろう。それでよいか？」

（魔道具！　ぜひ欲しいな）

思いもよらぬプレゼントをもらうことになり、ルートは喜ぶ。

「分かりました。どうぞ」

リーフベルは目を輝かせて、ルートの前に座った。

「うっは〜っ、な、なんじゃ、この化け物ステータスは……二柱の神から加護を与えられたのか？　全属性コンプ、しかも見たこともないスキルがいくつもある……」

リーフベルは、驚きと戸惑いと、そして興奮で体を震わせながら、ルートのステータスに見入っていた。

ちなみに、現在のルートのステータスはこうなっている。

**《名前》ルート・ブロワー**
**《種族》人族　《性別》♂　《年齢》14　《職業》教師、商人、冒険者　《状態》健康**
**《ステータス》**

**レベル：108　生命力：590　力：203　魔力：966　物理防御力：248**
**魔法防御力：455　知力：1193　敏捷性《しゅんびんせい》：102　器用さ：456**

**《スキル》**
**真理探究《しんりたんきゅう》Rnk8　創造魔法《そうぞうまほう》Rnk10　統合《とうごう》Rnk5**
**解析《かいせき》Rnk5　テイムRnk5**
**火《ひ》属性Rnk5　水《みず》属性Rnk5　風《かぜ》属性Rnk5　土《つち》属性Rnk5**
**光《ひかり》属性Rnk5　闇《やみ》属性Rnk5　無《む》属性Rnk5**

**《加護》**
**ティトラ神《しん》の愛《いと》し子《ご》　マーバラ神の加護《かご》**

「わしは、生まれ変わる前まで含めると、かれこれ八百年生きておるが、こんなスキルを持った人間など見たことはないぞ……」

「生まれ変わる？　もしかして、先生は『転生者』なのですか？」

「ほお、『転生』を知っておるのか？　まさか君も……」

ルートは思わず口走ってしまったことを後悔したが、もうステータスも加護もバレてしまったので、これ以上隠す必要はないと思い直した。

「はい、僕は異世界からの転生者です。前世の記憶を持っています」

リーフベルは目を丸くしたあと、深いため息を吐いて苦笑した。

「やれやれ……国王はとんでもない子を送り込んできたものじゃな。国王はそのことを知っておるのか？」

「いいえ。神様以外で知っているのは先生だけです」

「そうか……わしの場合は、異世界からではない。わしは、元々エルフの里の大魔導士でな、七五〇歳を超える頃にはエルフ史上最高の魔導士として、世界中にその名を知られたものじゃ。そして、七六〇歳のとき、エルフの秘法によって『ハイエルフ』として転生したのじゃ」

（へえ……つまり、『エルフの進化形』に生まれ変わったということか。そんな魔法もあるんだな。もしかして、人間の進化形ってのもあるのかな？）

ルートがそんなことを考えていると、《転移ボックス》の発動を知らせるチリン、チリンという鈴の音が響く。そして、一人の老人が部屋に入ってきた。

リーフベルは急いで椅子に戻って、この老人を迎えた。

「所長、お呼びと聞いてまいりました」

「おお、コーベル教頭、ご苦労じゃったな。例の魔法学科の新任教授が来たのでな、色々教えてやってほしい」

老人はかたわらに立っているルートを、鋭い目でまじまじと見たあと、小さく頷いた。

「分かりました。聞いてはおりましたが、本当に子供ですな」

コーベルはそう言うと、応接用のソファを指さした。

「まあ、座りたまえ。私は教頭を務めているアイク・コーベルだ」

「ルート・ブロワーです。よろしくお願いします」

ルートがあいさつをして座ると、コーベルは顎の下で手を組んでおもむろに口を開いた。

「初めに言っておくが、ここは超難関の試験に合格した、才能も家柄も超一流の子女が集まる学問所だ。入学者の年齢は、君とあまり変わらん。これから、そうした優秀な年の近い子女たちに対して、魔法を教えねばならんのだ。分かっているかね？」

ルートは前世の高校にも、似たような教頭がいたことを思い出していた。

間に立って学校運営に尽力しなければいけない役職なので、苦労も多いだろうし、人に厳しくなるのもしかたがない。

「はい。力を尽くしたいと思っております」

「魔法については、どれくらい勉強したのかね？」

「特に勉強はしておりません。もし、教師としての資格が必要なら、その資格も持っておりませんので、この仕事は辞退させていただきます」

「ああ、いや、確かに王立学校の教師になるには、特別な者を除いて、資格試験に合格する必要がある。だが、君は国王陛下から推挙された。つまり、特別な者なわけだ。とはいっても、実際に教えるとなれば、それ相応の知識が必要だ。教える内容は教師に一任してあるが、君はどんなことを教えようと考えているのかね？」

ルートは漠然とだが、一応考えていたことを話した。

「はい。僕は十歳のときから冒険者をやっています。ですから、実戦魔法と魔法薬についてはいさきか知識があります。それと、魔法の応用についても教えることができるかなと考えています」

「ふむ……確かに私も重要なのは、最終的に実戦で使える魔法をどれだけ教えられるかだと考えるが、それは確かな理論があればこそだ。わが校には教師はもちろん、生徒の中にも上級魔法を使える者がいる。理論を教えられず、実戦でもかなわないとなれば、教師としての信頼はなくなるが大丈夫かね？」

「ええっと、魔法の理論がどういうものか、上級魔法がどの程度のものか、まだ分かりませんが、たぶん大丈夫だと思います」

コーベルは脅したつもりだったが、ルートが飄々《ひょうひょう》としているので、苛立《いらだ》ちを感じ始めた。

「所長、この少年に教師が務まるとは到底思えないのですが、国王陛下の推挙ですので、そうも言ってられません。そこで、いかがでしょう。新年度の授業が始まるまで、私とボルトン先生で、この少年に指導者教習を行おうと思いますが」

コーベルは自分がなることができなかった、魔法学の教授という栄光ある役職が、ルートに務まるはずがないと決めつけていた。

ルートのステータスを知っているリーフベルは、にやにやしながら二人のやりとりを眺めていた。

「こほん……コーベル教頭、ブロワー君は今日から本校の教師だ。ブロワー先生、またはブロワー教授と呼びたまえ」

リーフベルは一つ咳ばらいをして、立ち上がった。

「あ、これは失礼しました。承知しました」

コーベルがあわてて謝る。

「うむ。教習の件はよかろう。わしも興味がある。これから訓練場に行って、早速教習をやってもらおうではないか」

またまたルートにとっては面倒な展開になったが、これは早熟の天才に課せられた宿命というものなのだろう。

コーベルは、途中で魔法学科の研究棟に立ち寄り、壮年の教師を一人連れて戻ってきた。

「紹介しておこう。現在、最上級生の四年生の魔法学を担当をしているボルトン先生だ。これから君の先輩になる」

「ブロワーです。どうぞ、よろしくお願いいたします」

「ああ、よろしく」

ボルトンは寡黙《かもく》なのか、低い声でぼそりとあいさつを返した。

四人になった一行は、《転移ボックス》で魔法学の訓練施設に直行した。

耐熱、耐震、防音を備えた訓練場は、観客席や選手の控室まで付属している闘技場のような場所だった。ここでは毎年国内の王立学校から選ばれた生徒によって、『魔法学科対抗戦』が開かれているらしい。

「では、まず基本である詠唱の効果について学んでもらおう。ブロワー先生、詠唱の効果を二つ言えるかね?」

「効果ですか。そうですね、まずイメージをはっきりと思い描くことができます。もう一つは、決まった量の魔力を使うので、魔力の無駄遣いと暴発する危険を減らすことができますね」

「ほお、なかなかですな。一応正解です。だが、もう一つの効果は見落としやすい。基本的な《火属性魔法》で説明しよう。ボルトン先生、やってみせてください」

「はい」

ボルトンは小さな声で返事をすると、入り口の横にある教官室に入って、なにやら操作をして出てきた。

すると、観客席の下の扉が一つ開いて、ゴーレムが三体、兵隊のように並んで訓練場の中央に歩いてきたのである。

ルートは、流石は王立の学問所だと、施設の充実ぶりに感心した。

「では、同じ魔法を続けて発動してもらう。なにが違うか、よく見ていたまえ」

コーベルはそう言うと、ボルトンに合図した。

「いと賢き火の精霊《せいれい》よ、わが想いに応え、牛頭に模《も》した炎の塊をもって、かのゴーレムを討ち滅ぼしたまえっ、《ファイヤーボール》！」

ボルトンの杖の先から炎の塊が放たれ、一体のゴーレムにぶつかって消えた。そして、そのまま杖を下ろさずに続けて詠唱する。

「牛頭《ぎゅうとう》擬塊《ぎかい》、《ファイヤーボール》！」

先ほどと同じ大きさの火の玉が、ゴーレムに向かって飛んでいった。

「どうかね？　このように、詠唱を正しく理解し、修練を積むことによって、これほど短い詠唱で同じ魔法を発動できるようになるのだ」

コーベルはさも自分がやったかのように、自慢げに言った。

ルートには到底できないだろうと思っているようだ。

「なるほど。でも無詠唱なら、もっと早く発動できるのではありませんか？」

ルートが何気ない様子で言う。

「な、なに、無詠唱だと？　まあ、確かにそれができれば早いが、宮廷魔導士ならいざ知らず、そんなことができる者はそこいらにはおらぬ。一回くらいはまぐれでできても、連続では無理だ」

「そんなに難しいことはありませんよ。やってみましょうか？」

「はあ？　な、なにを……」

コーベルが呆気にとられている間に、ルートはボルトンの横に並んで、右手の手のひらを突き出した。今日は愛用のメタルスタッフを持ってきていなかったのだ。

「じゃあ、三連続でいきます」

ルートはそう言うと、二秒ほど目を瞑《つむ》ったあと、手のひらから次々に炎の球を放って、ゴーレムにぶつけた。

「ぶはははは……やりおる、やりおる、うははは……」

リーフベルが大喜びしている。一方、コーベルとボルトンはあんぐりと口を開けたまま、ルートを化け物でも見るかのように見ていた。

「い、いったい、どんな方法を使ったのだ？」

「特別な方法ではありません。魔法の発動に一番重要なのはイメージだということは、先生方もご存じでしょう。しっかりしたイメージを持って、大気中の魔素に魔力を流す。あとはそれを飛ばす。そんな感じです」

コーベルもボルトンも、ルートの説明を聞いてもよく分からなかった。そんなに簡単にできるなら、誰でもやっているはずなのだ。

「次、行け。次じゃ」

リーフベルはいかにも楽しげに、コーベルをせき立てた。

「よ、よし、では次だ。君は『グレイダルの法則』は知っているかね？」

「いいえ、全く分かりません」

コーベルはその答えを聞いて、ようやく少し余裕ができ、微笑しながら言った。

「『グレイダルの法則』とは、属性の異なる二つの魔法を同時に発動するとき、必要な魔力量は、別々の魔法として発動したときの魔力量の総和の三乗に等しい、というものだ。つまり、伝説の英雄や勇者でもないかぎり、属性の異なる二つの魔法を同時には発動できないという、魔法学の基本中の基本の法則だよ」

ルートはしばらく考えて、気の毒そうな笑みを浮かべながら言った。

「ああ、ええっと、その法則は間違ってると思います」

「ぶっはははは〜……」

リーフベルの笑い声が響く。

「はあ？　な、なにを馬鹿なことを。この法則はだな、大魔法使いのグレイダルが長年の研究の末にたどり着いたんだ。実験によって証明されているんだぞ」

「ああ、たぶんグレイダルさんは別々の魔法を同時に発動したのではなく、二つの魔法を《合成《ごうせい》》して発動したのだと思います」

「ご、《合成》だと？　いったい、それは……」

「ほう、ほう、面白いのう、詳しく説明してくれ」

コーベルは戸惑い、リーフベルはルートに近づき目を輝かせた。

「は、はい。ええっとですね、例えば、僕は《水属性の氷魔法》と《風属性のトルネード》を《合成》した《ブリザード》を時々使うのですが、確かに別々に使ったときより魔力をたくさん使います。それでも、三乗というのはあり得ません。せいぜい三倍といったところです。う〜ん、なぜ実験で三乗という数値になったのか……」

「うははは！　おい、聞いたか？　《ブリザード》だと。恐らく伝説の魔法《キーンフェルセン》のことだと思うが、どうかね？」

「い、いや、まさか。あれはおとぎ話のようなもので、現実には……」

「し、信じられません……ですが、いとも簡単に無詠唱で魔法を使えるのですから、ひょっとすると……」

ルートが『グレイダルの法則』についてあれこれ考えていると、リーフベルとコーベル、ボルトンの三人は、ルートが語った魔法の話で盛り上がっていた。

「ブロワー君、ぜひ《ブリザード》の魔法を見せてくれないかね？」

「えっ？　あ、はい、いいですけど……」

リーフベルに頼まれて、ルートは気軽に頷いた。

訓練場の中央へ移動して、両手を前に出し、手のひらをゴーレムに向ける。

そしてしばらく目を瞑り、イメージをはっきりさせると、小さく叫んだ。

「《ブリザードッ》！」

ルートの手のひらから、渦巻く風と大量の小さな氷の粒が一緒になって出てきて、三体のゴーレムを包み込む。

ルートは手本を見せるだけと思ったので、小さめの《ブリザード》を放ったのだが、それを見た三人の教師は口を開けたまま、しばらく固まってしまった。

「うっひゃあああ～うはははは！」

やがて、リーフベルの特大の笑い声が響き渡った。

◇　◇　◇

ルートの教師就任初日は、ひと騒動あったものの、こうしてなんとか無事に終わった。

コーベルも、これ以上教習の必要はないと認め、ボルトンに至っては、ルートに弟子入りを願い出る始末だった。

ルートは断ったが、ボルトンはすっかりルートに敬服し、色々な面でルートを手助けするようになったのだった。

二日目からは、同じ魔法学科の先生たちとカリキュラムの打ち合わせや、年間行事の確認、事務部へ必要なもののリストを提出するなど、目が回るような忙しさだった。

さらには、その合間を縫《ぬ》って、入学式の準備もしなければならない。

ルートは、新入生の三クラスのうちの一クラスを担任することになった。三十三人の生徒の名前を覚え、一人一人の家庭環境も把握しておかねばならなかった。

そして、三日目の昼前のことである。

「ブロワー先生、おいでですかな？」

ルートが自分の研究室で、担当クラスの生徒の身上調査票に目を通していると、ドアがノックされ、まだ若い男の声が聞こえてきた。

「はい、います。どうぞ入ってください」

「失礼しますよ」

元気な声で入ってきたのは、ウェーブがかかった金色のロングヘアで、派手な白いスーツにドレスシャツを着た、イケメンの若者だった。

「やあ、初めまして。噂は聞いておりますよ、国王陛下じきじきのご推挙で教師として就任した、弱冠《じゃっかん》十四歳の天才魔導士、ルート・ブロワー先生。お会いできて光栄です」

(うわ～、なんか苦手なタイプだな。この人)

心の声は口に出さず、ルートは笑顔で会釈《えしゃく》した。

「ど、どうも。ええっと、あなたは……?」

「おお、なにを隠そうこの僕は、学園の教師になって六年目。そう、君の六年先輩。天才の名をほしいままにした、騎士学科のエリート教師、ベルナール・オランドだよ」

「そ、そうですか、初めまして。ブロワーです。これからよろしくお願いします」

「んん～、初々しくていいですねえ。まるで幼き日の僕を見ているようだ。あれは僕が十歳の春だった……バラが咲き乱れる庭を……」

「あの、どんな御用でしょうか?」

ルートは早くこのイケメンナルシストに去ってほしくて、話を遮って尋ねた。

「ああ、これは失礼。いや、実は僕も新入生のクラスを受け持つことになりましてねえ。昨年担任だった二年生の、特に女の子たちからは、『ああん、ベルナール先生にずっと担任してもらいたかったのに』って泣きつかれましたけど、こればっかりは学校の方針だからしかたないですからねえ。それで、同じ新入生を受け持つ君と、これから協力してやっていこうではないか、という話ですよ」

「ああ、はい、よろしくお願いします」

イケメンナルシストはにこやかな笑みを浮かべて手を差し出した。

ルートはちょっと気持ち悪かったが握手した。

「なにか困ったことがあったらいつでも相談に乗りますよ。では、また入学式の日にお会いしましょう。ああ、そうそう、ちなみにもう一つのクラスは、神学科のエリアーヌちゃんが担任だよ。とっても可愛くていい子だから仲良くしてやってね。じゃあ、またね」

ようやくベルナールが出ていくと、ルートは一気にぐったりして机に伏せた。

（疲れる……でも、あの人との距離が全く掴めなかったな。後輩、友人、ライバル……？　う～ん、たぶん全部なんだろうな。自分でエリートと言うだけあって、距離の取り方が絶妙だ）

一見、軽薄そうなベルナールの計算され尽くした顔見せに、ルートは楽しげな笑みを浮かべる。

◇　◇　◇

昼食時、ルートはボルトンとサザールという老齢の魔法学科の教師と一緒に、校内の食堂『酔いどれドラゴン』へ行った。

開校時から続いているというこの食堂は、昼は安くてボリュームのある食事を出すレストラン、夕方以降はこの学校で寝泊まりしている職員のための酒場として賑わっていた。

店主はバローという名前の二代目で、四十代前半。奥さんと四人の従業員で切り盛りしている。

「あの、先生方に色々お尋ねしたいことがあるんですが、いいですか？」

三人で同じ『日替わり定食』を注文したあと、ルートが切り出した。

「はい、なんなりと」

「うむ、わしもここに来てすぐの頃は戸惑うことばかりでしたぞ。遠慮なく聞いたほうがよい」

「ありがとうございます。ええっと、昨日から今度受け持つ生徒たちの調査票を見ていたんですが、この学校は試験を受けるときに、希望の学科を決めずに受けるんですね？　学科を決めるのはいつの時期なんですか？」

ルートの問いに、二人の先輩教師は顔を見合わせたあと、大先輩のサザールが答える。

「ふむ、そこに疑問を持たれるとは面白いですな。この学校には騎士学、魔法学、神学、工芸学という四つの学科があります。新入生は、まず最初の一年間で、これら四つの学科につながる基礎的な知識や技能を学びます。そして、一年生の終わりに、試験結果や適性などを考慮して、四つの学科のどれかに振り分けられる、というわけです。これが最も合理的な方法だと我々は考えております」

「う〜ん……確かに学科の人数を均等に保つためには合理的な方法ですが、そうなると、例えば、騎士になりたかったのに神学科に回されたという生徒が出てくるのでは？」

「ええ、確かにそういう生徒はおります。ですが、いくら希望しても適性がなければ、やがてその生徒は挫折《ざせつ》して、いっそう惨《みじ》めな思いを味わうでしょう。魔法の才がないのに、将来魔導士になれますかな？　つまり、そうした生徒の適性や能力を見抜き、最適な進路に導くのが我々教師の役目だということです」

「……なるほど、分かりました。では次ですが……」

ルートは納得していなかったが、ここで言い争ってもしかたがなかったので、次の質問に移る。

「担当する生徒の中に一人、他の国からの留学生がいるんですが、言葉の問題は大丈夫なのでしょうか？」

「ああ、バルジア海王国のシンラット王子ですね。不思議なことを聞きますね。大陸や島ごとに多少の方言の違いはありますが、同じ言語を共通語として使っているので問題ないでしょう」

（うわ～、知らなかった。そうなんだ。それって、つまりこの世界の人間は、かつては同じ場所に住んでいて、それから各地に移住したってことだよね。いつか、神様に聞いてみなくちゃ）

ルートがそんなことを思っていると、料理が届いた。

「お待たせしました～」

ウェイトレスの女の子の元気のいい声が響いて、湯気を立てている美味しそうな匂いのシチューとパン、サラダが運ばれてきた。

ルートは昼食を終えると、まだ見て回っていない施設があったので、二人の教師と別れて校内の施設を見学してみた。

この学校の便利な点は、各施設に職員用、生徒用の《転移ボックス》が設置されていることだった。

生徒用は行き先が限定されているが、職員用はほぼ全ての施設に一瞬で移動できるようになっているのだ。

騎士学棟から順番に、神学棟、工芸学棟と見て回ったが、どの棟にも何人かの教師がいて、新学期の準備をしていた。

ルートはすでに有名人になっていたらしく、どの棟でも教師たちが集まって話しかけてきた。

「魔法学科の新任で来られたブロワー先生ですね、お会いできて光栄です」

「きゃあ、あれが噂の天才魔導士ブロワー教授よ。可愛い～！」

（いやいや、可愛いって……同僚に対して失礼だぞ）

ルートは適当に愛想を振りまきながら受け答えをし、行くところがあるからと、足早に移動する。

「ふう……やれやれ……さて、最後は教会だな。神様に会えるかな」

ルートはそう思いながら、《転移ボックス》のほうへ歩いていった。

そして、マーバラ神の石像に手を上げてあいさつしてから、胸のプレートを石像の手のひらに押しつける。

リーナが行方不明になって以降、神々への信頼を失くし、ルートは神殿に行くのを拒んでいた。

しかし、リーナが奇跡的な生還を果たしたとき、彼はビオラの言葉を思い出し後悔の念を抱いた。

『神の御心を人間が推し量ることはできないのだ』とビオラは言った。

ルートはリーナが帰ってきてから、すぐにポルージャの神殿へ行き、神々の像の前に跪《ひざまず》いて謝罪した。だが、後悔の念を抱いていたのは神々も同様であった。

神々はすぐにルートを神界に招き、彼に謝罪した。

神が人間に謝罪するなどあり得ない話だが、神々とルートの関係はそれほど特別なものだった。

前世の記憶とともに《創造魔法》という、一歩間違えば世界を破滅させかねない能力を与えたことで、神々にとってルートは常時監視せざるを得ない『危険な存在』になった。

だが、同時にまた神々にとって、ルートは『人間と神々をつなぐ貴重な協力者』でもあった。

こんな特別な存在になぜルートが選ばれたのかについては、この世界の神々と地球を担当する神の間で色々なやり取りがあったのだが、また別の機会に語ることにしよう。

学園付属の教会は、各施設のちょうど中央に建てられており、大きくて立派な造りだった。

ルートが階段を上がって礼拝堂に入っていくと、ちょうど修道服姿の女性が一人、四柱の神々の石像の前で祈りを捧げているところだった。

ルートは祈りの邪魔をしないように、そっと近くのベンチに座って彼女が祈りを終えるのを待つ。

ところが、そのときラーニア神の前で祈っていた女性が、なにかに驚いたように立ち上がり、あたりをキョロキョロ見回し始めたのである。

そして、彼女は後ろの席に座っているルートに気づいて、足早に近づいてくる。

青と白の修道服に身を包んだ女性は、まだ若く、清楚で整った顔立ちをしていた。

「あ、あの、すみません。あなたは……」

「ええっと、初めまして、今度この学校で魔法学の教師をすることになりました、ブロワーといいます」

「まあ、あなたが……す、すみません、先生とは思わなくて。わ、私は神学科の教師をしているエリアーヌ・ハウゼンと申します」

　女性が自己紹介をしてくれる。

「ああ、あなたがエリアーヌ先生ですか。先ほど、騎士学科のオランド先生から聞きました。同じ一年生の担任なんですよね。よろしくお願いします」

「あ、はい、こちらこそ」

　エリアーヌはぺこりと頭を下げてから、なにやらもじもじとルートを見つめている。

「あの、なにか？」

「あ、い、いいえ。あの、変なことをお聞きしますが……ここに来られてから、なにか光系の魔法を使われたでしょうか？」

「魔法？　いいえ、ここに座っていただけですが……」

　ルートは首を傾げながら答えた。

「そ、そうですか……不思議ですね。先ほど私がラーニア様に祈っていたとき、ふと明るくなったのです。不思議に思って周囲を見ると、光があなたに集まっていくように見えました」

（困ったな、どう説明するか）

　ルートは返事に困ってしまった。

「ええっと、あのたぶん、あなたの祈りが神様に届いて、答えてくださったのかと。僕に光が集まったように見えたのは、光の加減でそう見えただけだと思います」

「はあ、そうでしょうか……ええ、きっとそうですね。ああ、神様、祈りを聞いてくださり、感謝いたします」

エリアーヌは納得してにっこり微笑むと、改めて祭壇《さいだん》のほうを見つめ手を組んだ。

（素直でいい人のようだな）

ルートはそんな感想を抱きつつ、彼女を見る。

「あの、ブロワー先生はどうして教会へ？」

エリアーヌは振り返って尋ねた。

「ああ、久しぶりに祈りを捧げようかと」

「まあ、そうでしたか。すみません、私ばかり。どうぞ、お祈りください」

エリアーヌはそう言うと、後方へ下がって、そこでルートの祈りを見守っている。

「あの、すみません、ええっと……」

「ああ、大丈夫ですよ。祭壇の前で祈っていただければ、きっと神様は……」

「いえ……ちょっと恥ずかしいので、一人にしていただけないでしょうか？」

するとエリアーヌは赤くなって、あわててペコペコと頭を下げた。

「まあ、あ、あの、すみません。で、では、私はあちらのゲストルームにおりますので、お祈りが終わったら、どうぞお立ち寄りください。お茶をお出ししますので」

「はい、ありがとうございます」

エリアーヌはそそくさと、何度かルートのほうを見て頭を下げながら、礼拝堂の隅にある部屋へ去っていった。

ルートは彼女がドアの向こうに見えなくなるのを待って、ようやく祭壇の前に進んだ。

ゲストルームに入ったエリアーヌは、新しくやってきた『天才』と噂される少年教師が、なぜ祈りを見られるのを嫌がったのか、それを知りたいという好奇心に勝てなかった。

彼女は、いけないと自分を責めつつも、部屋の窓に近づいて、そっと祭壇のほうを覗き見た。

祭壇の前で少年が跪いて祈り始めると、祭壇の上のほうから光が降りてきて、少年を包んだ。

光はすぐに薄くなって消えたが、エリアーヌは確信した。

少年が神の加護を、それも聖人クラスの強い加護を受けていることを。

◇　◇　◇

今日は、『王立子女養成学問所』の第七六二回の入学式が行われる。

前日に始業式があり、ルートは在校生の前で新任教授として紹介された。

噂を聞いていた者もいたようだが、大半の生徒たちは、ルートが自分たちと同じくらいの年であり、しかもこの学校で最も権威がある魔法学の教授ということに、とても驚いていた。

入学式には、国王の代理として、この学校の卒業生でもある皇太子マリウス・グランデルをはじめ、教育局長官、外国の大使、そして入学する子女たちの親である国内の貴族たちがずらりと並ぶ。まさに国を挙げての一大イベントだ。

今年度の入学生は、男子が六十一人、女子が五十二人の合計一一三人。その中に、四人の留学生がいる。そして、ルートは入学生の中に、意外な人物を見つけて驚いた。

その人物は、入学生総代としてあいさつをするために、美しいドレス姿で、壇上に堂々と上がってきた。そして、教授陣のそばを通るとき、ちらりとルートを見て、にやりと微笑んだのである。

（っ！　あっ、エ、エリスさん……え、どういうこと？）

ルートは近くでその顔を見るまで全く気づかなかったが、彼女は以前王城で手合わせした、ミハイルに仕える、女性騎士のエリス・モートンだったのだ。

入学式が終わると、新入生たちは明日からの学校生活のガイダンスのために、ホームルームに集まってきた。ルートは初めて担任として彼らを教室で迎える。

全員が揃うまでの間、ルートは生徒の数を数えながら、グループでおしゃべりをしたり、一人で物思いにふけったりしている、生徒たちの様子を見ていた。

すると、その中に数人のグループで会話しながら、しきりにルートのほうを見ている者たちがいた。しかも、彼らの顔には嘲笑《あざわら》うような、憎々しげな表情が浮かんでいる。

こういう反応があることは、ルートも予想していたので気にしない。

最後の二人が、二年生担当の先生に追い立てられて入ってきたところで、ルートは立ち上がった。

「全員揃ったようですね。それでは、ガイダンスを始めます。まず、僕はブロワーと言います。このクラスの担任です。授業では皆さんに魔法学の基礎を教えることになります。よろしくお願いします。さて、次に授業について……」

「しつも～ん」

教室の一番後ろに座っている男子生徒が突然声を上げた。先ほどルートのほうを見て、嘲笑っていたグループの中の一人だ。

「ええっと、できれば説明が終わってからにしてほしいのですが、緊急ですか？」

「ああ、そうだ。なあ、お前はスラムの生まれなんだろう？　父上に聞いたぜ。ガルニア侯爵や国王に取り入って、この学校の教師になったんだってなあ。貴族の僕たちが、なんでスラム出身のお前に教えてもらわないといけないんだ？　おかしいだろう、なあ、皆もそう思わないか？」

「まず、お前ではなく先生です。これからは先生と呼んでください」

ルートは教卓の前に出てそう言うと、ざわめき始めた生徒たちを見回して、静かにするように促《うなが》した。

「さて、君の質問に対する答えは簡単です。僕が先生で、君たちは生徒だからです」

「はああ？　だから、それがおかしいって言ってるんだよ。なんでスラムの平民ごときに教わらなくちゃいけないんだ」

「生まれた場所など、その人の価値にはなんの関係もありません。では、聞きますが、あなたは貴族という身分を自分の力で勝ち取ったのですか？　違うでしょう？　あなたの身分は、あなたのご先祖様から受け継いだもので、あなた自身がその身分にふさわしいわけではありません」

「な、なにぃぃぃっ！　ぼ、ぼ、僕を馬鹿にしたなああっ」

「いいえ、あたりまえのことを言っただけです。いい加減、身分とか、種族とかいう物差しで人を見るのはやめなさい。この学校はそういう物差しで人を判断しません」

「ち、父上に言って、お前なんかやめさせてやる。平民のくせに、貴族に逆らうとどうなるか、思い知らせてやる」

ルートはため息を吐いて、他の生徒たちを見回した。

どの生徒も複雑な表情で下を向いていた。

「そうですか、どうぞご自由に。ではもうこの話は終わりにして、ガイダンスの続きを始めます」

「おいっ！　まだ話は……っ！」

まだ絡もうとする生徒に、ルートは無詠唱で闇魔法の《スリープ》をかけた。

突然机の上に突っ伏して眠り始めた友人を見て、仲間の子女たちが騒ぎ始めたが、ルートは手で制しながらこう言った。

「静かに！　彼は眠っているだけですから心配ありません。ガイダンスが終わったら起こします。はいはい、席について。じゃあ、説明を始めますよ」

そのあと、ルートは淡々とガイダンスを進めた。

そして、最後に生徒たちに課題を与えた。

その課題とは……

「『貴族はなぜ偉いのか』、来週のホームルームの時間に全員に聞きたいと思います。考えてきてください。では、本日はこれで終わりにします」

ルートはそう言うと、教室を出ていく前に例の貴族の息子の《スリープ》を解除した。

教室を出たあと、後ろのほうでなにやら喚き声が聞こえてきたが、無視して職員用の《転移ボックス》へ向かう。

こういうことが起こるだろうと予想はしていたが、やはり暗澹《あんたん》たる気分になった。

ルートは自分の研究室に戻らず、所長室へ向かった。あの生徒の親が学校に文句を言いにくることが予想できたので、あらかじめリーフベルに事情を説明しておこうと考えたのである。

「うははは……そうかそうか、よくやった。そういう勘違いの馬鹿は最初にギャフンと言わせるに限る。遠慮はいらんぞ、殺さん程度に痛めつけてやれ」

ルートの話を聞いたリーフベルは、豪快に笑いながらそう言った。

ルートはお説教かなと思っていたが、肩透かしを食らった。

「すみません、ご迷惑をおかけします」

「なあに、心配はいらん。君は今のまま、思うままに生徒を教え導くのじゃ」

ルートは、リーフベルの懐《ふところ》の深さに感動する。

「教師として、先生のもとで働けることを幸せに思います」

「おっほ〜、そうかそうか、もっと褒めたたえるがよい」

リーフベルは嬉しそうにそう言うと、机の上にぴょんと飛び乗った。

「なあ、ブロワー君よ。いや、これからはルートと呼ぶことにしよう、いいじゃろう？」

「は、はい、構いません」

「うむ、よし。ではルートよ。君がいた前世の世界とはどんなじゃった？　これから時々でいい、ここに来て聞かせてくれぬか？　時間はわしが指定する。もちろん都合が悪ければ、そう言ってくれてよいからな。どうじゃ？」

「はい、大丈夫です」

リーフベルは嬉しそうにくるくると回りながら、両手を上げた。すると、あたりが穏やかな黄金の光に包まれて、ほのかな甘い香りとともに白や薄いピンクの花びらが、ひらひらと舞い落ちてきた。

「これはエルフに伝わる『喜びの舞い』じゃ。ルートよ、この学校に来てくれて感謝するぞ」

「こちらこそ、感謝しています。僕にできることであれば、なんでもやりますよ。それにしても、きれいな魔法ですね。よかったら教えてもらえますか？」

「うはははは〜、そうじゃろう？　だが、簡単ではないぞ。やってみるか？」

「はい、お願いします」

ルートとリーフベルの楽しげな声は、西日が窓から差し込む頃まで続いた。

# 第八章　初めてのデート

入学式の翌日は振替休日だった。

ルートは以前から、この日はリーナとデートをする約束をしていた。

「ルート、朝だよ。起きて……もう、ルートったら」

「う〜ん、おはよう、リーナ……う〜、頭が痛い〜」

「飲めないのに、お酒なんか飲むからだよ。はい、お水」

ルートはようやく起き上がって、リーナが持ってきてくれた冷たい水を飲み干す。

「ぷは〜っ、ああ、美味しかった。ありがとう、リーナ」

「う、ん……」

照れて頬を染めるリーナの愛らしさに微笑みながら、ルートは朝の光に向かって背伸びをする。

昨日は夕方から入学式の会場だった大ホールで、皇太子を主賓《しゅひん》とする入学パーティーが開かれた。主催するのは教育局で、学校の職員、各国の大使、そして新入生の保護者が招待された。

ルートはなるべく目立たないように、会場の隅にいたが、あることがきっかけでパーティーの中心に引っ張り出される羽目になった。

「ルート、こんなところにいたか。ちょっといいか？」

会場の隅にある休憩用の椅子に座ってジュースを飲んでいたルートのもとへ、リーフベルが一人の壮年の男を伴ってやってきた。

「こちらは王室会計局、主任のジョアン・バードル伯爵《はくしゃく》じゃ」

「あ、はい、どうも初めまして。魔法学の教師で、ブロワーと申します」

ルートがなんだろうと思いながら、立ち上がってあいさつをすると、いきなりバードル伯爵が片膝をついて、深々と頭を下げた。

「えっ、な、なんですか？」

「ブロワー教授。私の息子ジャンが、昼間あなたに対してまことに失礼な態度を取ったと聞きました。息子には厳重に注意して、今後このようなことがないよう責任をもって監視いたします。どうか今回のことはお許しいただけないでしょうか？」

（ああ、あのバカ息子の父親か……確か、王城ではミハイル公爵の近くにいた人だよな。なるほど、これが国王の耳に入りでもしたら、公爵からこっぴどく叱られるってことか）

ルートはそう考えた。

この人が家族の前でルートのことを馬鹿にする発言をしたため、それを聞いていた息子があんな態度を取ったに違いないのだ。

ルートは言いたいことは山ほどあったが、貴族社会そのものが変わらない限り、どんなに文句を言ったところでしょうがないと思い直した。

「どうか、立ってください。今後、息子さんが変わってくれるなら、今回のことは忘れます。スラム街の生まれである時点で、こういうことが起きるのは予想していましたから」

バードル伯爵はルートの言葉に、まともに目を合わせられず、恐縮して頭を下げるだけだった。

「よし、この件はこれで終わりじゃ。さあ、ルート、君もこっちへ来い」

「あ、いや、僕はここが、あ〜……」

結局、ルートはリーフベルに引っ張られて、パーティー会場の真ん中へ連れ出された。

そのあとは、皇太子との面会や、各国大使との歓談などに連れ回され、しかたなく酒も飲む羽目になった。この世界では十二歳から酒が飲める。

そうこうしているうちに、今度は新入生の保護者である貴族たちが、次々に押しかけてきて取り囲まれた。ルートは酔ってフラフラになりながらも、必死で応対をしていたが、ついに、ある時点を境に記憶を失った。

気づいたときには、ボルトンに担がれて、自分の家のドアの前にいた。

リーナが出てきて、ボルトンに盛んにお礼を言っていたのは覚えているが、そのあとはまた記憶がなかった。

「どうする？　つらいなら、今日はゆっくり体を休めたほうが……」

リーナの言葉に、ルートはぱっと飛び起きて、ベッドから出た。

「いや、大丈夫であります。今日は大事な約束の日ですから」

ルートが直立不動で敬礼しながら答えると、リーナはプッと吹き出して可愛い笑い声を上げた。

二人は朝食は摂らず、街で昼食を早めに食べることにして、早速着替えて出かけた。

ルートは白の綿シャツにブルーグレーのジャケット、黒のズボンにショートブーツだ。

リーナは、薄いピンクの木綿のワンピースに白いエプロンドレスを重ね、ケープを羽織って、ルートとおそろいのショートブーツを履いていた。

「ほら、皆がリーナを振り返ってるよ。君があんまり可愛いから」

「ち、違う、ルートを見ているんだよ。かっこいいから……」

二人はそんなことを言い合いながら、王都の大きな通りを歩いていく。

実際、この美男美女の若いカップルは、華やかに装った人々の中でもひときわ目立っていた。

小物やアクセサリー、洋服、武器屋と、あちこちの店に立ち寄りながら買い物をした二人は、そろそろお腹がすいたので、冒険者ギルドの近くにある居酒屋風のレストランに向かった。

この店は、冒険者たちから肉料理が旨いと聞いて、リーナが一度来たことがある店だった。

確かに美味しかったので、ルートにも食べさせたいと選んだのだ。

店は大勢の客で賑わっている。二人は空いているカウンター席に並んで座った。

「そう言えば、ギルドカードは再発行してもらったんだっけ？」

「ん、確認に一日かかったけど、できたよ」

リーナはそう言って、首から革ひもで提げたカードを取り出して見せた。

「すぐにAランクに上がるかな？」

「ん、頑張る。目標はSランク」

「あはは……すごいなリーナは」

二人が笑って見つめ合っていると、横から気の毒そうな咳払いが聞こえてきた。

「こほん、ええっと、よろしいですか？」

この店の若い女の子のウェイトレスが、すまなそうに声をかけた。

「ああ、すみません。注文ですよね？」

「ボーンステーキ定食二つ」

リーナがすぐさま注文した。

「あ、はい、肉定二つですね、かしこまりました。すぐにサラダをお持ちしますね」

「おすすめの料理なんだね？」

「ん、とっても美味しい……ごめん、他のがよかった？」

「いや、大丈夫だよ。だいぶ二日酔いも治ってきたし」

リーナはついついルートに甘えてしまうことが申し訳なかった。

「あ、そうだ、ずっと気になってたんだけどさ……」

ルートはなにか思い出したように、リーナを真剣な目で見ながら言った。

「お待たせしましたぁ～、サラダとスープです」

「ん、なあに？」

ウェイトレスが去ると、ルートはリーナを見つめながら言う。

「リーナ、ずいぶん長く故郷に帰ってないだろう？　五年くらいになるのかな？」

「う、ん、そのくらい……」

思いがけない言葉に、リーナは驚いた。

「ご両親や兄弟たちはずいぶん心配しているんじゃない？」

リーナは答えに詰まった。

なぜなら、両親や兄弟たちが彼女のことを心配しているとは到底思えなかったからだ。もっと言うなら、彼らが生きているかどうかも怪しい。

それほど、リーナの故郷は貧しかった。

ガルニア領内にはあるが、ほとんど平地がない山の中で、獣人たちはわずかな畑を耕《たがや》し、森の獣を獲って、なんとか食いつないでいた。

若い男たちは仕事を求めてほとんどが村を離れ、そして二度と戻らない。村に残っているのはほとんど年寄りと女子供たちだけだ。

「ん、ええっと、たぶん大丈夫……」

「いやいや、大丈夫じゃないよ。今度、まとまった休みが取れたら一緒に行こう。僕も、ちゃんとあいさつをしておきたいし、なにか、力になれることがあったらやってあげたい」

リーナは嬉しくて、思わず泣きそうになった。

しかし、心中は複雑だった。

「ええっと、あの……ルートの気持ちは嬉しい、とっても……でも……」

ルートはリーナが帰郷するのをためらう理由が、なんとなく分かるような気がした。

たぶん、前世で中学生だった頃、ルートが好きになった女の子に『部屋を見たい』と言われたときの気持ちと、同じようなものではないだろうか。

別に隠すようなものはなにもなかったが、なんとなく心の中にいきなり入ってこられるような戸惑いと微かな不快感がある。

『わあ、部屋汚いね』なんて言われたら、一気に恋愛感情が冷めてしまうかもしれない。

今、リーナが感じているのも、そんな不安じゃないだろうか。

しかし、リーナがためらった理由は、ルートの想像とはかなり違っていた。

もちろん、決して自慢できない故郷への引け目も少しはあった。だが、ルートがそんなことを気にする人間ではないことを、リーナは誰よりもよく知っている。

リーナが本当に心配したのは、青狼族《せいろうぞく》が長年抱き続けている人族への根深い不信感だった。

ルートを一緒に連れていけば、きっととても嫌な思いをさせることになる。それが、彼女にとっては一番つらいことだったのである。

「分かった。まだ冬休みまでには時間があるから、ゆっくり考えよう。とりあえず食べようか。お腹すいたよ」

「ん、ふふ……」

二人はそれから他愛ないおしゃべりをしながら、食事を楽しんだ。

食事を終えた二人は、王都で一番見晴らしがいいと評判の教会の塔へ行ってみることにした。

王都の教会は流石に大きくて立派な造りだった。ルートは前世にあったバチカンのサン・ピエトロ大聖堂を思い出していた。中央にそびえる塔は、サン・ピエトロ大聖堂ほど大きくはなく、円柱に囲まれた三角屋根の美しい塔だ。

入口の受付でシスターにお布施として銀貨二枚を渡したあと、二人は礼拝堂の横の階段から螺旋《らせん》階段《かいだん》を上っていった。

塔は四階建てになっていて、一階と二階が機械室（鐘を自動的に鳴らすための装置があった）、三階は二つの鐘が吊り下げられた部屋、そして最上階の四階が展望室となっていた。元々この展望室は、敵軍や魔物が襲来したときに備えて作られた見張り台だった。

天気がよかったこともあって、展望室はかなりの数の観光客で賑わっていた。

ルートとリーナは手をつないで、ベランダのほうへ出ていった。

「わあ、すごい……街がきれい」

「んん、評判だけのことはあるね。素晴らしい眺めだ」

リーナとルートが言う。

円形に広がった王都の美しい街並み。遠くには、広大な平原や森、小麦や綿花、野菜の畑と小さな村々、南には青く連なる山脈、そして西に広がる海までが一望できた。

二人はしばしの間、その壮大な景色に見惚《みと》れた。

「なあ、なあ、そこのお二人さん」

不意に背後から聞こえてきた声に、二人は振り返る。

ハンチング帽を被った小柄な男が、手にスケッチボードと鉛筆を持ってにこにこ笑いかけていた。

「記念の絵はどうだい？　この素晴らしい眺めをバックに、お二人が永遠の愛を誓い合う姿を描いてあげるよ」

（この世界にはまだ写真がないんだった。記念写真の代わりに絵というわけか）

ルートは冷静にそんなことを考えていたが、リーナは火がついたように真っ赤になり、あたふたし始めた。

「なな、な、なに言ってるの……え、永遠のあ、愛だなんて……」

「あれ？　恋人同士じゃなかったのかい？」

「ち、ち……」

「ああ、そうだよ。じゃあ、一枚描いてもらおうかな。いくらだい？」

「ル、ルート……」

リーナはあわてていたが、ルートは堂々と絵描きに絵を頼んだ。

「へへ……獣人のお姉ちゃんが可愛いから、特別に銅貨五枚に負けとくよ」

男はそう言うと、早速ボードにはさんだ画用紙に鉛筆を走らせ始めた。

ルートは恥ずかしがるリーナの肩を抱き寄せて、頭と頭をくっつける。

周囲の観光客たちも、この初々しいカップルを微笑ましく見ながら、通りすぎていった。

「よし、できたよ。どうだい？」

二十分ほどで男は絵を描き上げ、二人に見せる。職人なだけあって、なかなか素晴らしいスケッチ画だった。

「おお、いいね。おじさん、いい腕してるよ」

「へへ、ありがとうよ。モデルがよかったからこっちも力が入ったぜ」

「ありがとう。じゃあ、これ」

「えっ、い、いいのかい？　こんなにもらって」

ルートが手のひらに置いた銀貨を見て、男は驚いた。

絵描きの男は何度も頭を下げて礼を言いながら、また他の客を求めて去っていく。

「いい記念になったね。額を買って部屋に飾ろうよ」

「う、ん……」

「怒ってる？　僕が勝手に恋人って言ったから」

「ち、違うっ、怒ってるんじゃないの」

リーナは必死に首を横に振ると、人目も気にせずルートの腕を抱きしめた。

「本当に、私でいいのかなって……獣人の私が一緒にいたら、きっと周りから変な目で見られるよ。私はいいけど、ルートが嫌な思いをするのは……」

「リーナ……」

ルートはリーナをいったん引き離して、正面からまっすぐに見つめながら続けた。

「僕も恥ずかしいから一度しか言わないよ。だから、聞いてくれ。君があの日いなくなって、僕はようやく分かったんだ、僕にはリーナが必要なんだって。だから、君が生きて、帰ってきてくれたときは本当に嬉しくて、もう、なにもいらないって思った。君さえそばにいてくれたら……リーナ、来年になったら、どうか僕のお嫁さんになってくれないか？」

ルートの言葉の途中で、リーナはポロポロと涙を流し始めた。可愛い顔がくしゃくしゃになっている。

「だめかい？」

ルートが言うと、リーナは首を横に振りながら、ルートの胸にしがみついた。

ずっと夢に見ていて、一番聞きたかった言葉を聞くことができたのだ。

リーナはもうこのまま死んでもいいとさえ思った。

いつしか観光客たちが、遠巻きに二人を囲み、ある者はにこにこ頷きながら、ある者は涙ぐみながら、西日に照らされて抱き合う若いカップルを眺めていた。

# 第九章　合同キャンプと充実した日々

『王都の王立学校』は、九月から新年度が始まり、二月の末までが前期、三月から八月末までが後期ということになっている。ただし、十二月の二十日から一月二十日までの一か月間は冬季休暇、七月二十五日から八月三十一日までは夏季休暇だ。

前期、後期の終わりには期末試験があり、不合格となった者には、休み中の追試が待っている。

だが、生徒にとって嫌なこの二つの試験の間には、彼らが楽しみにしている行事も用意されている。

一年生の合同訓練キャンプ、二年生の職業体験、三年生の研修旅行、そして四年生の卒業ダンスパーティーがそれだ。さらに、生徒たちが一番楽しみにしているのは、四月に開催される学園祭とその中の目玉イベントである『国内王立学校対抗魔法競技会』である。

これは王立学校の創立主旨の一つである『国に寄与する優れた魔導士を育成する』ことを目的に、続いている伝統ある競技会だ。

ここで優秀な成績を収めた者は、宮廷魔導士の他、国の重要機関に推薦される。

この競技会に出場することが、生徒たちにとっては一つの大きな夢なのだった。

「ブロワー先生、おはようございます」

まるで待っていたかのように、授業へ向かうルートにエリアーヌがあいさつしてきた。

「おはようございます、エリアーヌ先生」

二人は並んで歩きながら、通りかかる生徒たちとあいさつを交わし、冷やかす生徒たちをたしなめた。

「あの、もうすぐ合同訓練キャンプですね」

「ああ、そうですね。来週、探索経路の確認とトラップの設置にいくんですよね」

「はい、生徒も楽しみにしていますわ。わ、私も……」

「やあ、やあ、お二人さん、おはよう。なにやらいい雰囲気じゃないかね？」

ルートとエリアーヌが話していると、横合いから誰かが割って入ってきた。

「べ、ベルナール先生、そ、そんなんじゃありません、ただ、お話を……」

「おはようございます。合同訓練キャンプのことを話していたんですよ」

後ろから早足で追いついてきたベルナールに、ルートはあいさつしながらそう言った。

「おお、合同訓練キャンプ、楽しみですねえ。美しい自然の中の冒険、育まれる絆《きずな》、秘めやかな恋、青春そのものだ。もちろん、我々教師はその中で、生徒たちに黄色い悲鳴を上げさせることが生きがいですがね」

「あははは……いいですね。来週のトラップ設置、頑張りましょう」

三人は楽しげな笑い声を上げながら、やがて、それぞれの教室に分かれていった。

一年生の合同訓練キャンプは、毎年十月の第二週、今年は十月九日から十一日までの二泊三日で行われる恒例行事だ。

新入生同士の親睦《しんぼく》を深めることが第一の目的だが、ルートたち教師側にとっては、リーダー性、協調性、創意工夫力など、生徒一人一人の個性を見るいい機会でもある。

そのため、生徒たちには訓練日記ノートを持たせ、毎日その日を振り返って本音で感想を書くように指示してあるのだ。

訓練は基本的に班単位で行われる。それぞれのクラスで、生徒たちに『テント設営』『調理』『班長』のどれを担当するか決めさせ、五人グループの生活班を作らせる。

希望が偏《かたよ》っているときは、二つの役割を選ばせ、どの班にも三つの役割がバランスよく入るように調整するのだ。

ルートのクラスは三十五人なので、ちょうど七班できるが、あとの二つのクラスは割り切れないので、四人や六人の班が生まれることになった。

ただし、訓練の中心となる二日目の『探索ウォークラリー』の班は、三つのクラスごちゃ混ぜで、くじ引きによって基本五人の班（五人の班が十九個、六人の班が三つ）を作る。

全く知らない者同士でチームを作ってもらうのが目的である。

いかにチームワークを形成して、早くゴールにたどり着くか。生徒一人一人の個性をチームで活かせるかがもろに出るはずだ。

◇　◇　◇

十月九日、訓練キャンプ初日の朝。

集合場所である教会前広場には、おしゃれなアウトドアルックに身を固め、リュックサックを背負った生徒たちが続々と集まり始めていた。

「リック、あんた、なんでそんな大きな剣を持ってきたの？」

「そりゃあ、いざというときのためさ。騎士たるもの、いつでも仲間の命を守る準備をしておくものなのさ」

「はあぁ……あとで重いって泣いても知らないからね」

ある生徒たちがそんな会話をしている。

生徒には、護身用として武器や防具を自由に持ってきてよいと言ってあったが、大抵の子はナイフと厚手のグローブ程度だ。

だが、中にはロングソードや、メイス、ショートボウなどの武器を持ってきたり、レザーアーマーなどの防具を着こんできた者もいた。

「は～い、皆さん、おはようございます。班ごとにまとまって、全員揃ったら担任の先生に報告してくださ～い」

集合時刻の十分前になり、エリアーヌが元気な声で生徒たちに呼びかける。

ルートも今回の引率責任者《いんそつせきにんしゃ》であるコーベルとともに、集合場所に到着した。

早速、二つの班の班長がルートのもとへ駆け寄ってきた。

「おはようございます、教頭先生、ブロワー先生。一組三班全員揃いました」

「おっ、流石カートン班、早いな」

「はい。今回は、全てにおいて一位を目指していますから」

「あはは……いいぞ、期待してるからね」

「おはようございます、ブロワー先生。一組六班、全員揃いましたわ」

「はい、ありがとう、ミランダ」

「あのう、先生、お荷物はそれだけですか？」

報告に来た伯爵令嬢ミランダ・ボースが、ルートの粗末な皮のカバンを指さして尋ねた。

「あ、ああ、そうだよ」

「着替えとかなさいませんの？」

「いや、ちゃんと着替えはあるから。はいはい、そんな心配はしないで、班に戻りなさい」

ルートはミランダを生徒たちのもとに戻す。

「班長さんたち～、班員の健康観察もちゃんとやってくださいね」

ルートは大きな声で生徒たちに呼びかけた。

やがて、全員が揃い、出発前の教頭のあいさつに続き、ベルナールがいくつかの注意することを話して、いよいよ出発となった。

目的地は、学校の敷地内にあるキャンプ場である。学校全体の広大な敷地の半分ほどが、訓練用のキャンプ場であった。

キャンプ場は、なだらかに続く平原と大きな二つの森がメインだが、その中には洞窟型《どうくつがた》ダンジョンが二つ、塔型のダンジョンが一つ、廃墟を模して作られた街型のダンジョンが一つ、設置されている。

創立時から、その当時の教師たちが協力して少しずつ作り上げてきたものだ。

実際の魔物は当然いないが、それぞれのダンジョンには、色々な材質で作られたゴーレムが配置され、実戦を想定した訓練ができるのだ。

穏やかな秋の日差しを浴びながら、生徒たちは長い列を作って二キロ先の野営地を目指して歩いていく。

「よ〜し、各班で場所を決めたら、テントを張って荷物の整理だ。それが終わった班から、昼食の準備に取りかかれ〜〜」

ベルナールの声が野営地に響き渡る。

野営地は大きな平地に、木がまばらに生え、共同の調理場が二か所あるだけだ。

生徒たちは適当な場所を決めて、早速テントの設営を始める。テントは二人いれば立てられるので、残りの班員は調理の準備や薪拾《まきひろ》いに向かう。

ルートたち教師もそれぞれ一人用のテントを立て始める。ルートは自分専用のマジックバッグからテント道具を取り出す。

他の先生たちのリュックサックも、学校の備品である教師用のマジックバッグだ。

これは、いざ生徒になにかあったとき、身軽に行動できるように配布されたものだ。

ルートは、周囲で生徒たちが見ていないことを確かめてから、皮のバッグからテントを取り出し、組み立て始めた。

「ブロワー先生」

「うわっ、び、びっくりしたぁ……ああ、ユリアか、どうしたんだ？」

「ふふふ……驚かせてごめんなさい。でも、こんなポツンと離れたところに立てないで、私たちのテントのそばに来ませんこと？」

それは、ダルビス子爵の娘でユリアという、栗色の髪の利発な少女だった。

「ああ、ありがとう。でも、ここは一組の生徒たち全体を見渡せる場所なんだよ」

「まあ、確かにそうですけど……先生って本当に真面目なんですね。もう少し、いい加減なところがあるほうが、女の子にはモテますわよ。ふふ……」

「あはは……アドバイスはありがたくいただいておくよ」

「ブロワー先生とは、並みの女では付き合えないのよ」

突然、横合いからそんな声が聞こえてきて、燃えるような赤い髪の女子生徒が現れた。

「モートンさん……二組のあなたがなにか御用ですの？」

「あら、先生に用があるのにクラスが関係ありますの？」

現れたのは、エリス・モートンだった。

入学式のとき、入学生総代として現れたときはびっくりしたが、それ以降の授業では、真面目な態度で、特にルートに絡むこともなく授業を受けていた。

二人の少女はライバル意識むき出しで、睨み合う。

実は、この二人は以前から顔なじみで、お互いに意識し合う仲だった。

というのも、この二人の父親は、どちらもミハイル・グランデル公爵に仕えており、パーティーなどで昔からよく会っていたのだ。

そして、これはお互いに知らないことだったが、どちらも父親から密命を受けていた。それは『ルート・ブロワーを誘惑し、できれば恋人関係になること』だ。

「はいはい、二人とも、そこまでだ。こんなところで時間を潰していると、他のメンバーに叱られるぞ」

ルートが二人の間に入ってそうたしなめたが、彼女たちはまだ睨み合っている。

「先生は一組の担任ですわ。二組の方はベルナール先生にご相談なさったらよろしいのでは？」

「ふふ……あなたはご存じないでしょうが、私と先生は命を賭けて戦った仲ですのよ」

「知ってますわ。王様の命令で手合わせをして、あなたはなすすべもなく先生に負けたんですよね」

「あ、あのときは、初めてで先生の魔法について知らなかったから……」

「あら、言い訳は見苦しいですわよ」

「はい、やめっ！　二人ともいい加減にしないか。さあ、自分の仕事に戻るんだ」

ルートが本気で怒ると、二人とも言い合いをやめた。

「ダルビスさんも、先生も覚えておくといいわ。私は卒業までの間に、必ず先生ともう一度戦って勝てるように、強くなって見せますわ」

「その前に、私があなたを倒して見せますわ。楽しみにしていてくださいませ」

二人はお互いに捨てゼリフを吐き合うと、反対方向に別れた。

(はあ～、疲れる。女の闘《たたか》いってすごいな)

ルートはため息を吐きながら、テント設営の続きを始めるのだった。

「ブロワー先生、ご一緒にどうですか？」

テントを立て終えて、ルートが自分の昼食を作りに調理場へ向かっていると、すでに調理を終えた、コーベル、エリアーヌ、ベルナールが、一緒に昼食を食べていた。

「あ、はい、じゃあお邪魔します」

「簡単なシチューですが、いかがですか？」

「ああ、いいえ、自分の分は用意してありますから」

ルートは先生たちのそばに座ると、バッグの中からフライパンと金属の平たい箱のようなものを取り出す。

三人の先生たちが、興味津々《きょうみしんしん》で眺めていると、ルートは金属の箱を開けて、中から平たい形の肉の塊を四個取り出してフライパンに並べた。

「あ、あの、それなんですか？」

「ふふん、これはですね、ハンバーグというやつです。美味しいですよ」

「ハンバーグ？　聞いたことがないな。ただの肉の塊にしか見えんが……」

（ふむ、まだ王都までハンバーグは広まっていないのか。ジークに報告して、早速王都にハンバーガーショップを開かないといけないな）

エリアーヌとコーベルの言葉を聞いて、ルートはそんなことを考えながら、フライパンの上に右手をかざした。

「ほお、なにをやっているのだ？」

「はい、ハンバーグを焼いているんです」

「「「焼いている!?」」」

三人の先生たちが同時に驚きの声を上げる。

焼くなら、当然火が必要なはずだが、ルートがやっていることは斬新《ざんしん》だった。

「そんなに驚くことではありませんよ。ハンバーグとフライパンに魔力を流して、直接それ自体を熱すればいいわけです」

「い、いや、理屈は分かるけどさ、そんな面倒な魔力操作……」

「う～む……なんと斬新な発想だ。これが、天才ブロワーたるゆえんか」

「あは……あはは……分かりますわ、教頭先生。こんな発想の転換、目の前で見られるなんて」

三人の教師たちが口々に言う。

「いやいや、そんな、皆さん大げさですよ。ほら、もうすぐ焼けますよ。アツアツをパンにはさんで食べると、美味しいんですから」

ジュージュー音がして、いい匂いが漂《ただよ》ってきたので、ルートはフライパンを地面に置くと、バンズ用のパンを先生たちに配った。

「さあ、そのパンにはさんで食べてみてください」

ルートは三人にフライパンを差し出して、フォークやスプーンでハンバーグを一枚ずつ取ってもらう。

「う～ん、いい匂いだねえ。いただきますっ」

ベルナールが、早速一口かぶりついた。

「うお～、うぐ、むぐ……ぷは～！　美味いっ、んん、スパイスの香り、溢れる肉汁、これは至高の食べ物だ」

「まあ、本当に美味しい〜」

「むぐむぐ……う〜ん、これはいいな。柔らかくて、私のような年寄りにはありがたい」

先生たちには、ハンバーグは大好評だった。

(これなら、王都で店を出しても売れること間違いなしだな)

リーナと二人で作った三日分のハンバーグは、どうやらすぐになくなりそうだった。

◇◇◇

「よーし、集合っ！　今から、明日の探索チームの組み合わせを決めるよ」

昼食終了後、休憩をはさんで、探索チームの組み合わせ抽選が行われた。

「まず、リーダー二十二人を決める。二十二番までの番号札を引いた者が今回のリーダーだ。二十三番以降の札を引いた者は、残念ながら外れだ。副リーダーを希望するか、他の役目を希望するか、あとで聞くから考えておいてね。じゃあ、リーダー希望者は前へ」

ベルナールが大きな声を出して、生徒を見回す。

各クラスのリーダー希望者たちが、エリアーヌが持っている箱の前に続々と集まってきた。エリスやユリアの姿もその中にある。

リーダーが決まると、次は調理係、テント係の順で番号札を引いていった。同じ番号を引いた者たちが探索のチームとなるのである。

「うわ〜、俺以外、全員女の子かよ」

「肉体労働はよろしくね」

あちこちから、生徒たちの声が上がる。

「よ〜し、新しいチームが決まったな。じゃあ、これから大事なことを言うから、よおく聞いておくように、いいか？」

ベルナールがよく通る声で叫んだ。

生徒たちはおしゃべりを止めて、真剣な目でベルナールを見つめる。

「まず、明日の探索の目標は、森を抜けたところに立っている『光の塔』の最上階に到達することだ……」

生徒たちから、どよめきが上がる。

たぶん、ほとんどの生徒たちが、先輩や親たちから、訓練場に設置してあるダンジョンのことを聞いているのだろう。

「静かに。知っている者もいるようだが、この訓練場には四つのダンジョンが設置されている。そして、それぞれのダンジョンには、種類の異なる自律型ゴーレムが配置されている。今回は、どのゴーレムもＨＰは20程度、ナイフや棒きれで何度か攻撃すれば倒せるレベルに設定してある。ただし、攻撃力はバカにできないぞ。ちゃんと防御するなり、回復なりしないと、一発で気を失うかもしれない」

ベルナールは一度言葉を切り、息を吸い込んでからさらに続ける。

「そして、もう一つ。皆には三つのコースから一つを選んでもらうが、コースごとにクエストが用意されている。そのクエストをクリアしないと、『光の塔』にはチャレンジできない。ふふ、先生たちが練りに練ったクエストだ、ギブアップしても、しかたないかもね〜。というわけで、今から、リーダーにコースのくじを引いてもらう。リーダー諸君《しょくん》、出ておいで！」

ベルナールは生徒を煽《あお》るのが上手い。あちこちから抗議の声が上がる中、リーダーたちがコースのくじを引くために、ルートの前に並んだ。

「ブロワー先生もクエストを考えたんですよね？」

「ああ、そうだよ」

「うわ〜、めちゃくちゃ難しそう〜」

リーダーたちはそんなことを言いながら、箱の中に手を差し込む。折りたたまれた紙にはコースとチェックポイントの地図が描かれている。

「全チーム引き終わったようだね。よ〜し、では、これから夕食まで、新しいチームでミーティングだ。ミーティングが終わって、実戦訓練をしたいチームはブロワー先生に言いにいくように。先生特製の木製パペット・ゴーレムを貸してもらえるぞ」

ベルナールが言うと、生徒たちはワーッと歓声を上げて大喜びだった。

ルートは今回初めてゴーレム製作に取り組んだ。

魔法学科のボルトンやサザールに基本の魔法陣を学び、工芸学科に通って、色々な先生たちから、さらに詳しい構造などを学んだのだ。

魔法陣の勉強は、非常に興味深く、面白かった。今後も、自分なりに研究してみようと思ったほどだ。

そして、工芸学科の魔道具作成技術は、色々な新製品を生み出す可能性を感じさせるものだった。

ルートにとって、この学校はわくわくが止まらない、宝の島のように思えるのだった。

「ブロワー先生、パペット・ゴーレムを貸してくださいっ！」

ミーティングを終えた最初のチームが、ルートのもとにやってきた。

「よし、ちょっと待っててくれ」

ルートは自分のテントに入って、皮のバッグから木製の人形を一体取り出した。

工芸学科の作業場で、丸太を削ってパーツを作り、魔法陣を書き込んで組み立てた簡単な人型ゴーレムだった。袖なしのチェーンメイルを着せ、可愛い三角帽子を被せてある。

「わあ、可愛い」

「あはは……見た目に騙されるなよ。こいつは、この首の後ろの出っ張りを中に押し込まない限り、動き続けるからな。チームワークで、この出っ張りを押すんだ」

「「「はい、分かりました」」」

ルートは、チームと一緒に広い場所へ行き、ゴーレムの背中に描かれた魔法陣に魔力を流した。するとと、今までただの木の人形だったものが、すっと体を伸ばし、地面に立ち上がる。

「こいつは自分を攻撃した相手に反撃するように設定してある。じゃあ、いつでも始めていいぞ」

ルートはそう言うと、自分のテントの前に戻っていった。

このあと、続々と他のチームもパペット・ゴーレムを借りにやってきた。

「できるだけ、他のチームから離れたところでやるんだぞ。背中の魔法陣に魔力を流せば動き出すからな」

ルートは説明しながら、用意した二十二体のゴーレムを全て貸し終えた。

訓練場のあちこちで、ゴーレムと模擬戦を行う生徒たちの指示や怒号、悲鳴などが響いている。

ルートと他のクラスの担任の先生たちは、訓練場を回りながら、生徒たちを叱咤激励し、アドバイスをした。

◇　◇　◇

そして、翌日。いよいよこのキャンプのメインイベント『探索ウォークラリー』の朝を迎えた。

スタート地点の指示はコーベルに任せて、ルートとベルナール、エリアーヌは、三つのコースに分かれて、いつでも生徒の救援に駆け付けられる場所に待機した。

「この×印がチェックポイントだ。簡単な問題に答えてゴーレムからスタンプを押してもらえって書いてある。そして、この○印がクエストポイントだな。まずは、チェックポイントを確実に取っていくぞ」

「おっしゃ、行こうぜ」

ある班の男の子たちが作戦を話し合っている。

生徒たちは、洞窟Ⅰコース、洞窟Ⅱコース、廃墟コースの順に、一つのコースで五分おきに出発していった。コースの途中には、ランダムにゴーレムが現れるようになっている。

洞窟Ⅰコースは《水属性》のゴーレム、洞窟Ⅱコースは《土属性》のゴーレム、そして廃墟コースは《火属性》のゴーレムだ。

ゴーレムの属性を見抜いて、相性がいい魔法で攻撃すれば、だいたい一発で倒せる。

貴族の子女は、小さい頃から魔法の練習をさせられているので、大抵の子は魔法を使える。

ただ、魔法の適性がないとか、使えても魔力が弱い子もいるので、そういう子たちは武器を使って、物理的にゴーレムのＨＰを削っていくしかない。

「ゴーレム発見っ！　二体だ。戦闘準備っ！」

いよいよ、それぞれのコースで、生徒たちの緊張した声が聞こえ始めた。

ルートは、三つのコースのうち、廃墟コースで待機していた。

廃墟の神殿の塔の上に座って、全体を見渡していると、早速最初のチームがチェックポイントに向かって、恐る恐る進んでくるのが見えた。

この廃墟は、建物の壁が迷路を作っていて、あちこちに行き止まりや落とし穴などのトラップが仕掛けられている。

落とし穴といっても、偽地面が抜け長い滑り台を滑って、地下通路に安全に落ちるだけだ。地下通路は一本道で、入り口付近へ出られる。

逆に、この地下通路を見つけて入ってくるチームもいるが、ある地点で行き止まりになっている。

「おっ、あったぞ。あれが最初のチェックポイントだな」

斥候役《せっこうやく》の生徒が、目印の石碑《せきひ》とその前に立っているゴーレムを見つけて仲間に叫んだ。

「よし、まずは全員で魔法攻撃だ。いくぞ」

（ふむふむ、なかなか的確な指示だな。二組のグレン・オーリエか）

ルートは、廃墟コースのチーム名簿を見ながら、目立つ生徒をチェックし、評価のメモを書き入れていく。

こうして、およそ二時間ほどで、廃墟コースの七つの班が全て、二つのチェックポイントを通過した。

（よし、次へ行くか。そろそろ最初のグレンたちのチームがクエストポイントに着く頃だな）

ルートは名簿をバッグにしまうと、片隅にある転移魔法陣を使って、次の待機場所に転移した。

次の待機場所は、クエストポイントの近くに聳え立つ大木のうろの中だった。

そこへ転移した瞬間、ルートは異様な魔力を感じて緊張した。

生徒の魔力かとも思ったが、どうもそれらとは違う異質なものだ。

（おかしいな……この前、コースをチェックしにきたときはこんな感じはなかったが……）

ルートは念のためにうろから出て、《ボムプ》を使って周囲の魔力を確認した。

廃墟の中にいくつか赤い点がうごめいていたが、これは生徒たちだろう。

他におかしな魔力はないか……と見ていると、あった。ルートの視覚が廃墟の隅から漏れている魔力を捉える。

ルートは瞬間的に大木から飛び下りて、異常な魔力の方向へ走り出した。

「あっ、ブロワー先生……」

「グレン、ここで待機だ。魔物が紛れ込んでいる可能性がある。他のチームも止めてくれ」

「えっ、ま、魔物？　は、はい、分かりました。先生一人で大丈夫ですか？」

「ああ、心配するな。じゃあ、頼んだぞ」

ルートは、最初のチームにそう言い残すと、再び走り出した。

なぜ、学園の敷地内に魔物が入り込んだのか。ルートは走りながら、あらゆる可能性を考えた。

一番可能性があるのは、空から魔物が侵入したというものだが、学園内にはその危険を予測して、感知魔法の魔道具があちこちに設置されており、上空に魔力線を張り巡らせてある。

それに触れれば、警報が鳴る仕組みになっている。だから、この可能性は低い。

そうなると、地上のどこからか入り込んだということになるが、学園の周囲には高い石垣と鉄柵があるので、相当なジャンプ力のある魔物じゃないと入れない。

ルートの疑問は、その場所に着いたときに解けた。

「グギャッ！」

「グギャギャ」

そこにいたのは、海にいる魔物、マーフォークだった。

（うわぁ、前世のゲームで見た海のモンスターそのままじゃないか。こいつら、いったいどこから……）

そう考えて、ルートは可能性がある場所を一か所だけ思いついた。それは、この先にある『光の塔』だ。塔が立っているのは海に面した切り立った崖の上。

普通ならそんな切り立った崖を上ってくる魔物などいないと考えるだろう。

だから、崖の周囲には防御の石垣はなかった。現に、これまで崖を上ってきた魔物の話など聞いたこともない。

だとすれば……

ルートは結界防御を自分にかけながら、改めてマーフォークの群れを見る。

全部で六匹だ。その中の二匹が唸り声を上げながらルートを威嚇《いかく》し、小さな二匹とそれに寄り添うように怯える二匹をかばうように、そばについている。

明らかに二組の家族に違いなかった。

「そうか、お前たち、海でなにかに追われて必死で逃げてきたんだな」

最初、一撃で倒してしまおうと思っていたルートだったが、事情が分かると、彼らを海に帰してやろうと考えをあらためた。

「《スリープッ》！」

ルートが闇魔法の《スリープ》を放つと、マーフォークたちはバタバタと地面に倒れ込んだ。

ルートは彼らをバッグの中に収納すると、待機している生徒たちのところへ戻る。

そこにはグレンたちの他に三チームが固まって、心配そうに話をしていた。

「あっ、先生」

「皆、心配させてごめん。実は、この先にマーフォークが六匹入り込んでいた……」

「マ、マーフォーク？　なんですか、それ？」

生徒たちは初めて聞く魔物の名前に、全員首を傾げた。

「ああ、そうか、この世界ではなんて言うのかな、ええっと、半人半魚の魔物で、普段は海の中で生活しているんだが……」

「ベールマンじゃないか？　子供の頃聞いたことがある」

「ああ、たぶん、ベールマンだな。すごく力が強くて、小さな船なんかひっくり返すほどだ。船乗りたちに恐れられているって本で見たことがある」

「先生、それで、その魔物はどうなったんですか？」

生徒たちが口々に言う。

「ああ、ええっと、大丈夫。実は先生のバッグはマジックバッグでね、六匹とも眠らせて、この中に入れてある」

「うわぁ……ベールマン六匹をいとも簡単に……どんだけ強いんだよ」

生徒たちは全員ドン引きしていた。

「まあ、そういうわけだから、このエリアはもう安全だ。クエストを続けていいぞ。ただし、『光の塔』にはまだ入らないように。先生が安全を確認してからだ。じゃあ、先生は他のコースにも魔物が入り込んでいないか見てくるから、リーダーは、あとのチームにも『塔に入るな』と言っておいてくれ」

「「はい、分かりました」」

生徒たちの元気な返事を聞いてから、ルートは他のコースの様子を見にいった。

幸いなことに、他のコースにはマーフォークは入り込んでいなかった。

ルートは、それぞれのコースの出口近くにある転移魔法陣で二人の先生のもとへ行き、事情を説明して、三人で急いで『光の塔』へ向かった。

光の塔には、まだどのチームも到達していなかった。

「塔の中にベールマンが入り込んでいるかもしれません。入ってみましょう」

「そうだな。僕とブロワー先生の二人で行こう。エリアーヌ先生は、僕たちが戻ってくるまで、生徒たちを止めておいてください」

「分かりました。でも、お二人だけで大丈夫ですか？」

エリアーヌの問いに、ルートとベルナールは顔を見合わせた。

「まあ、僕一人でも大丈夫ですけどね。ブロワー先生の魔法で援護してもらえれば楽勝ですよ」

「心配ありませんよ。それより、海のほうを注目しておいてください。ベールマンを海から追い出したやつがいるはずなんです」

「はい、分かりました。お気をつけて」

ルートとベルナールは並んで塔に入っていった。

「僕が前を行きましょう。魔力を感知できますから」

「あはは……もう、なんでもありだな、君は」

ベルナールの苦笑に、ルートは小さく首を横に振って答えた。

「いや、僕にも苦手はありますよ」

「ほお、聞いてもいいかい？」

「ええ。ご覧の体ですから、物理攻撃はからっきしだめなんです。だから、魔法が効かない相手には逃げるしかありません」

「あはは……なるほどな。天才にも弱点はあったか」

二人はそんなことを話しながら、奥の階段の近くまで進んでいった。すると、前を行くルートが立ち止まって、後ろに向かって手を上げた。

「やっぱりいますね。階段の下に二匹。たぶん上にもいるでしょうね」

「うん、僕にも見えた。どうする？」

「僕が《スリープ》の魔法をかけます。死角から襲ってくるやつはしかたないので、先生が始末してください。ただ、こいつらはなにかから逃げてきたようですから、できれば殺さずに海に帰してやりたいんです」

「うん、分かったよ。君は本当にいいやつだな」

ベルナールはそう言うと、楽しげな顔で腰の剣を引き抜いた。細身の美しいレイピアだ。

ルートはそっと近づきながら、無詠唱で《スリープ》を放つ。

階段下にうずくまるように隠れていた二匹のマーフォークが、そのままの姿勢で眠りについた。

ルートはその二匹をバッグに収納すると、階段の上のほうを指さした。

ベルナールはそれを見て親指をたてて頷くと、ルートの背後を守るように階段を上っていく。

こうして、二人は塔の頂上まで上り、合計九匹のマーフォークを捕らえた。一番多くいたのは頂上の階だった。

残念ながら、ここで一匹のマーフォークを殺さざるを得なかった。

ルートの《スリープ》の魔法から逃れた一匹が、襲いかかってきたのだ。

それをベルナールが、鮮やかな剣さばきで倒した。その場に立ったまま、三メートル余り離れて空中を飛んでいる相手を、瞬殺したのだ。

（えっ、斬撃を飛ばした？　そんなマンガのような技が、本当にあるの？）

ルートは呆気にとられて、涼しい顔で剣を納めるベルナールを見つめた。

「せ、先生、今の技は……」

「ああ、あれね。《浮遊する剣の波《フー・ベル・ハーレ》》という名の剣技さ。まあ、A級、S級の冒険者で、こいつを使える剣士を二人知っているが、かなり難しい技ではあるね」

「習得できるスキルですか？」

「うん、《剣技《けんぎ》》のスキルを10まで上げて、《ソードマスター》のスキルを獲得したあと、努力して、運がよければ獲得できるかもって感じかな」

（やっぱり、この人とんでもなく強かったんだな）

ルートは改めて、尊敬の眼差しをベルナールに向けた。

「あはは……そんなに意外な顔するなよ。これでも、剣の聖者《ベルナール》という二つ名をもらって、王都の学校の教師をしているんだ。これくらいはできないと、名前に恥じるってもんだよ」

（あ、ベルナールって本名じゃなかったんだ。知らなかった……）

意外な事実に内心驚きながらも、ルートは言う。

「あ、いや、意外だなんて思いませんよ。やっぱり、最初のとき先生に感じたすごみは、間違いなかったと、実感しているんです」

「君にそう言ってもらえるのは光栄だ。さあ、行こうか、生徒たちも待っているだろう」

ルートはベルナールのステータスを見てみたかったが、勝手に見てはいけないような気がして、このときは諦めた。

後日、ルートは許可をもらってベルナールのステータスを見て、仰天することになるのだが、それはいったん置いておく。

二人が塔を下りて外に出ると、エリアーヌと生徒たちが崖の近くに集まって海を見ていた。

「エリアーヌ先生、なにかあったんですか？」

「あ、先生方、おかえりなさい。そうなんです、ほら、あそこ」

エリアーヌが指さす方向を見たルートとベルナールは、あっと小さな叫び声を上げた。

波間から突き出た尖ったものが、ゆっくりと動いていたのだ。

「ねえ、先生方、あれって『島イカ《パリアバル》』ではありませんか」

「あり得ないが、どうやらそのようですね。なんでまた、伝説級の怪物がこんなところに」

(パリアバルって、絶対クラーケンのことだよな。うは～、今日はなんて日だ。伝説の怪物を二種類も見られるなんて)

ルートは目をキラキラさせて、うっとりと海を見つめる。

「とにかく、なんとかしないと。まずは、リーフベル所長に連絡だな。それと、生徒たちを連れて早く避難しないと……おい、ブロワー先生、聞いているのか？」

「えっ、あ、ああ、そうですね。ええっと、あの『島イカ《パリアバル》』って、弱点はなんですかね？」

ルートの言葉に、二人の先生は戸惑いを隠せず、顔を見合わせた。

「お、おい、まさか、君は……あいつを倒そうってのか？」

「ああ、いや、無理なら諦めますが、一応聞いておこうと……」

「あのなあ、いったいどうやって、あんな化け物をだな……」

「そうですよ、いくらブロワー先生でも、そんな無茶なこと……」

二人の先生によってたかってたしなめられ、ルートが諦めようとしたとき、周囲で見守っていた生徒の中から、おとなしそうな女子生徒がおずおずと出てきた。

「あ、あの……『島イカ《パリアバル》』の弱点は、雷撃《らいげき》……伝説を収録した本を読んだこと、ある……」

「雷撃？　……なるほど、そうか。ええっと、君は？」

ルートが女子生徒に尋ねる。

「シャ、シャロン・コールズ。三組、です」

「そうか、シャロン。どんな伝説か、教えてくれないか？」

金髪を後ろで太い三つ編みにし、古ぼけた魔導士の帽子を被った少女は、頬を染めながらこくりと頷いた。

「有名な、伝説……英雄ラウル・グランデルは、東の海からこの中央大陸《グランベーダ》へ向かう途中、嵐の海で『島イカ《パリアバル》』に襲われる……何隻《なんせき》もの船が沈められ、ラウルの船も絶対絶命に陥《おちい》った。だが、そのとき、ラウルは神に祈り、天から一本の槍《やり》を授けられる……ラウルがその槍を『島イカ《パリアバル》』に突き刺すと、天から一筋の稲妻《いなずま》が降ってきて、その槍に落ちた……それによって『島イカ《パリアバル》』を撃退することができ、ラウルは無事に中央大陸《グランベーダ》にたどり着くことができた……終わり」

「うん、分かった。ありがとう」

ルートは少女に礼を言うと、二人の先生たちを振り返った。

「あの怪物をこのまま放置していたら、ベールマンたちを海に帰せないいし、航行する船にも被害が出るかもしれません。僕に考えがあります。ベルナール先生、協力してくれませんか？」

ベルナールはじっと見つめたあと、ルートに問いかけた。

「やれるんだな？」

「よし、君を信じる」

ルートは小さく、しかし、しっかりと頷いた。

「ちょ、ちょっと、先生たち、あの……」

「エリアーヌ先生、ブロワー先生ができると言っているんです。彼は、できないことをできるとは言わない。信じてみましょう」

エリアーヌはまだ無謀だと思っていたが、ベルナールの言葉にそれ以上反対はできなかった。

ルートとベルナールは、呆然と見送るエリアーヌと生徒たちを置いて、海岸へ出るために、洞窟Iコースの入り口へ向かった。

その近くに、上級学年がボートの練習をする訓練施設があるのだ。

「で、どうするんだ？」

「海に出て、あいつに近づきます」

「おう、それから？」

二人は転移魔法陣で洞窟の入り口の近くに出ると、走りながら作戦を話し合った。

「ベルナール先生は、槍をどのくらいの距離、投げられますか？」

「槍か……そうだな、重さにもよるが、普通の槍だったら一〇〇メートルは大丈夫だ」

「……分かりました。じゃあ、僕が槍を作りますから、それをあいつに突き刺してください」

「あはは……言ってることがめちゃくちゃだが、面白いっ！　了解した」

二人は海岸への入り口のカギを壊し、ボートが保管してある倉庫へ走った。

ベルナールが倉庫を開け、ボートを引っ張り出している間に、ルートはバッグの中からシャベルやつるはしなどの鉄製の道具を取り出して、砂浜に並べた。

「ベルナール先生、オールを一本もらえますか？」

「ああ、これでいいか？」

ルートはベルナールから木製のオールを受け取ると、まずオールに魔法をかけて握りやすい太さの槍の柄を削りだした。

その後、鉄の道具を《合成》して、細長い銛《もり》と長さ一〇〇メートルあまりの細いワイヤーを作り上げた。銛を先ほど作った木製の柄にはめ込んで、そこにワイヤーをしっかりと取りつける。

「よし、完成です。ちょっと、持ってみてもらえますか？」

ルートの魔法工作を、呆れて苦笑しながら眺めていたベルナールは、長さ二メートルほどの銛を手に持って動かした。

「ああ、少々重いが、これならなんとか一〇〇メートルは投げられそうだ」

（うへえ、マジかよ……この人化け物だな）

ルートはさわやかな笑顔のイケメン先生を見ながら、ごくりと唾を呑んだ。

「では、行きましょう。逃げられたら元も子もありませんから」

二人は一緒にボートを押して波打ち際まで行くと、銛とオールをボートに載せて、一気に海へと漕《こ》ぎ出《だ》した。

「どのくらいまで近づく予定だ？」

「呑み込まれないくらいの距離まで近づきましょう。確実にあいつの体に銛を打ち込めるくらいの距離です」

「吸盤の付いた足の攻撃は厄介だぞ」

「それは大丈夫だと思います。今から僕たちの体とボートを特殊な《防御結界》で包みます」

「《防御結界》？　そんな魔法があるのか？」

「はい。僕のオリジナルかもしれません。今回は特に厚く、そしてあいつが嫌がる仕掛けをしますから、攻撃は効かないはずです」

二人はそんな話をしながら、懸命にオールを漕いで、遥か遠くに見える尖った頭のほうへ近づいていく。

「お、おい、俺たち、なにを見てるんだ？」

「無謀だよ。なんで、誰も止めなかったんだよ」

エリアーヌと生徒たちは、崖の端に並んで、小さなボートに乗った二人の教師が、島のように巨大なイカの怪物に近づいていくのを、ガクガクと足を震わせながら見ていた。

やがて、怪物が水しぶきを上げながら、巨大な体の上部を海の上に現わす。

大きな波がボートに押し寄せ、のまれてしまうかに見えたが、なぜかボートはその姿勢を保ったまま、海の上に浮かんでいる。

怪物は、吸盤《きゅうばん》のついた長い足を二本、海の上に出して、向かってくるボートを捕らえる体勢に入った。

「うわっ、あれは無理だ。いくら先生たちでも、いっぺんにひねりつぶされるぞ」

一人の生徒が声を上げ、誰もがそう思って見ていると、案の定、怪物の巨大な足がスルスルと伸びていって、ボートを丸ごと掴んだ。

全員が声を上げて目を瞑り、顔を手で覆って泣き出す女子生徒もいた。

「えっ、な、なんで？　なにが起こってる？」

一人の男子生徒の叫び声に、全員が改めて前方を注視する。

そこには、なぜか巻きつけていた足を離している怪物と、なんのダメージも受けていないボートの姿があった。

「あはは……こいつは傑作だ。ブロワー先生、君とならどんな怪物が相手でも負ける気がしないぞ」

ベルナールは高らかに笑いながら、ボートの舳先《へさき》に立って銛を構えた。

巨大イカは、ボートを握りつぶそうと足を巻き付けたが、ルートの《防御結界》は壊せず、しかも、ルートが結界にまとわせた電流に触れて感電してしまったのである。

「いつでもいいですよ。できれば、あいつの眉間《みけん》あたりを狙ってください」

「おうっ、任せたまえ。さあ、『島イカ《パリアバル》』よ。観念するがいい」

ベルナールはそう叫ぶと、後ろに大きく銛を引く。

「でやーっ！」

掛け声を出した瞬間、ものすごい瞬発力で銛を前方に投げた。

一〇〇メートル以上の細いワイヤーがシュルシュルと、一気に船からなくなっていく。

そして、銛は見事に二つの大きな目の間に突き刺さったのだった。

ルートはワイヤーを両手でしっかりと握りしめると、目を閉じて魔力切れにならない最大限の魔力を、電気に変換して放った。

電流を受けて麻痺し、海に浮かび上がった巨大な怪物の姿に、崖の上の生徒たちは興奮している。拳を突き上げて叫ぶ者、踊り出す者、泣き出す者……エリアーヌはその中で、へなへなと地面に座り込んでいた。

ルートとベルナールはボートを漕いで浜辺に戻ってきた。

倉庫にボートを戻したあと、ルートは波打ち際に戻って、バッグの中からベールマンを取り出した。波打ち際にきれいに並べると、少し離れたところから、《スリープ》を解除した。

「ッ！　グギャ」

「ググギャギャ」

目覚めた途端、ほとんどのベールマンたちはあわてて海に飛び込んでいった。

ただ、最初に捕らえた六匹のベールマンたちは、しばらくの間じっとルートを見つめて、まるでお辞儀をするように体をかがめ、そのあとゆっくりと海に帰っていった。

その後のルートはまさに目が回るような忙しさだった。

ベルナールが壊した倉庫のドアを直し、生徒たちやエリアーヌを落ち着かせ、蚊帳《かや》の外《そと》だったコーベルのもとへ三人で行った。

コーベルには、報告もせず、許可も受けず、勝手なことをするなと、さんざんお説教をくらってしまった。ようやく解放されて『探索ウォークラリー』の続きをなんとかやり終え、打ち上げでお祭りと化した二日目の夜を過ごした。

なにはともあれ、波乱の一年生の合同訓練キャンプはなんとか無事に全日程を終えることができたのだった。

◇　◇　◇

「ほう、あの『島イカ《パリアバル》』を倒したのか……あいつは長年このあたりの海をナワバリにしておってのう。おかげで、海の魔物たちが学校の敷地に近づくことはなかったのじゃ」

「えっ？　そうだったんですか？　ああ、よかった、殺してしまわないで……」

「はあ？　おい、あいつは死んでなかったのか？」

キャンプから帰って、コーベルとともにルートたち三人の引率教師は、リーフベルのもとへ報告に行った。

ベルナールはてっきり巨大イカを殺したと思っていたので、ルートの言葉に驚いた。

「あんなデカブツが、そんなに簡単に死ぬわけないじゃないですか。一時的に痺《しび》れて動けなくなっていただけですよ。探索クエストが終わる頃には、もう動き出していましたから」

「そ、そうだったのか。気づかなかった」

ベルナールが残念そうに言う。

「ふむ、まあ、あいつもこれに懲《こ》りて、どこか他の場所へ行くかもしれぬ。それはそれで構わぬ。ともかく、生徒たちが無事でなによりじゃ。ご苦労じゃったな、礼を言う」

「しかし所長、『光の塔』の下から魔物が上がってくるのは、危険ですな。早々に防御壁を作らないと」

コーベルの言葉にリーフベルは頷いて、ルートを見る。

「確かに急がねばならぬな。じゃが、工芸学科に頼んでも、あるいは外部の業者に頼んでも、あの場所全体に防御壁を作るとなると、まあ一か月くらいはかかるじゃろう。ルート、お前がやってくれぬか？」

「はい、いいですよ」

「「はああ？」」

リーフベルとルートの会話に、あとの三人は目を丸くして驚いた。

「ああ、すまぬ。君たちにはまだ話していなかったな。ルートはな、建築用の魔法を自分で編み出しておってな、材料さえあれば城一つくらい一日で作れるのじゃよ」

「あははは……もう、なにが来ても驚かないと思っていましたが……いったい、君はなんなんだ？もはや神としか思えないんだが」

ベルナールの言葉に、あとの二人もうんうんと頷いてルートを見つめた。

「い、いや、あのですね、魔法というものの原理というか、法則というか、とにかくやり方さえ分かれば、誰でもできるんです。見ていてください、僕が生徒を使って証明してみせますよ」

「うははは……いいのう、面白いのう。ぜひ、証明して見せよ。そのあかつきには、この世界に新しい魔法体系が生まれ、夢のような技術が生み出されるじゃろう。楽しみでならぬわ、うははは……」

テーブルの上に立ったリーフベルの楽しげな笑い声が、所長室の窓から、青く晴れ渡った晩秋の空に響いた。

ルートとベルナールが伝説級の怪物を倒した話は、一年生の口から上級生たちにも伝わり、校内

はしばらくの間、その話題で持ちきりだった。そして、当の二人は常に生徒たちのキラキラした視線にさらされることになった。

ルートはいたたまれない気分だったが、ベルナールはむしろ大喜びで、毎日ウキウキだ。

ただ、問題なのはエリアーヌだった。

キャンプから帰ってからというもの、彼女の中でルートは神の化身になってしまったのだ。ルートと会うと、まるで神に出会ったかのように両手を胸の前で組み、なんとも切ない目でルートを見つめるのだった。

ルートはなるべく気にしないようにし、普段どおりに彼女と接していた。一時的な感情なら、ときが経てば消えていくだろうと考えたのだ。

実際、エリアーヌもルートに対して、特に態度が変わるということはなく、会話も普通にできた。

(私はブロワー先生より十歳近く年上なのだから、ちゃんと先輩教師らしく、そう、お姉さんのような気持ちで接しないといけない)

彼女はそう自分に言い聞かせていたのだ。

ハウネスト聖教国出身で、神官の資格を持つ彼女は、自分を厳しく律することに慣れていた。

だから、彼女のルートに対する思いは、心の奥深くに沈潜《ちんせん》し、尊敬や憧れという線を越えることはなかったのである。

◇　◇　◇

「ああ、もうすぐ期末試験か……お前勉強どれくらいやってる？」

「うん、筆記試験は自信があるけど、実技がなあ……格闘術Ⅰは試合形式だろう？　皆強いからなあ」

秋も終わりに近づき、生徒たちの話題は二週間後から始まる期末試験に移っていた。

その日、ルートは午後からの『実戦魔法Ⅲ』の授業をするために、魔法訓練場に来ていた。

まだ、授業が始まる前だったが、三人の生徒がすでに来ていて、ゴーレムに向かって、攻撃魔法を練習していた。ルートは、その熱心な生徒たちに感心して、彼らにアドバイスをしようとする。

（ん？　あの子は確か三年生のセリーナ・リンドバルだな……）

ルートの目に留まった女子生徒は、リンドバル辺境伯の長女で、美しい才媛と評判のセリーナだった。

彼女がやっている魔法の訓練が面白くて、ルートはそっと彼女の背後からその様子を見守る。

「ああ、やっぱりだめだわ……魔力が足りない」

セリーナは肩を落としながらつぶやいて、くるっと振り向いた。

「あ、先生……ずっと見ておられましたの？」

「ああ、ごめん、君がやろうとしていることが面白くてね」

「意地悪ですわ。先生にいいところを見せようと頑張って練習したんですのよ」

「君の才能は十分認めているよ。それより、今やっていたのは《合成》だよね？」

セリーナは頬を染めて、はにかみながら頷いた。

「ええ、前に先生がおっしゃった『グレイダルの法則』に当てはまらない魔法の《合成》。私は幸い、《風属性》と《土属性》の二つの属性魔法が使えますの。ですから、それを《合成》すれば、強力な魔法が使えるのではないかと……でも、だめでした。魔力が足りなくてできませんの」

「風と土か……その組み合わせはやったことがないな」

ルートがそうつぶやいて考え込んだとき、始業の鐘の音が響き始めた。

「分かった、あとで僕も試してみるよ。なにかアドバイスできるかもしれない」

「はいっ、お願いしますわ」

そのあと、ルートの『実戦魔法Ⅲ』の授業が始まった。

この授業を受講するのは、ほとんどが三年生と四年生だ。一年生と二年生で受講する猛者《もさ》もいるが、この授業はベルナールの『騎士学Ⅴ』と並んで、最も難易度の高い授業と言われている。

「よし、じゃあ、いつものように、まず自分の属性の魔法が滑らかに発動できるように、魔力操作の練習をしよう。お互いに距離を取って、始めてくれ」

ルートは指示を出してから、《ボムプ》で生徒たちの魔力の流れを見ながら、一人一人にアドバイスをしていく。

「皆、だいぶスムースになってきたぞ、その調子だ。よし、じゃあ、使える魔法の属性が一つの人は左側、二つ以上の人は右側に集まって」

ルートの声で、生徒たちが移動する。やはり、二つ以上の属性を持っている者は少ない。四十六人中、二つ持っている者が五人、三つ持っている者が二人、あとの三十九人は一つだけだ。

「じゃあ、属性が一つの人は、これからもう一つ属性を得られるように練習しよう」

「えっ？　先生、そんなこと可能なんですか？」

生徒たちは驚いて、ざわめき始めた。

「僕は可能だと思っている。皆が頑張って、それを証明してほしい」

「先生、僕たちはなにをしたらいいですか？」

属性を二つ以上持っている生徒たちが、ルートに問いかける。

「ああ、君たちには、前の時間ちょっと話した魔法の《合成》の練習をしてもらおうと思う。二つの属性を選んで、それを同時に発動できるように練習してくれ」

生徒たちはそれぞれ与えられた課題に取り組み始める。

ルートは最初に属性を一つしか持っていない生徒たちの指導を始めた。

「僕が最初の講義で言ったことを、もう一度思い出してほしい。いいか、魔法のもとになっているのは『魔素《まそ》』だ。『魔素』は、イメージを形にしてくれる。だから、僕たちがやるべきことは、しっかりイメージすること。それを『魔力』に乗せるんだ」

生徒たちはルートの言葉に頷いて、早速練習を始めた。そして、そのわずか五分後。

「あっ、で、できた」

一人の女子生徒が震えながら、小さな叫び声を上げた。

「おお、シャロン。やったな」

その女子生徒は、あのキャンプでルートに伝説を語ってくれた、一年生のシャロン・コールズだった。

「シャロンが持っていた属性は火だったな？　そして、《土属性》を手に入れたのか、すごいぞ」

ルートの言葉に、シャロンは涙ぐみながら微笑んだ。

やがて、続々と成功する者が出てきた。

「すげえ……本当に新しい属性が発現した。なんか、夢を見ているようだ」

成功した者は、喜びと興奮に包まれたが、一方で、どうしても上手くいかない者も多かった。

「くそっ、だめだ……魔力がなくなってきた。なんで、できないんだ？」

「ベラム。君は《水属性》だったな？　新しく手に入れようとしているのはなんの属性だ？」

「《火属性》です。水と火を使えれば、有利かと思って……」

「なるほどな……ん？　えっ？　……ちょっと待てよ」

このとき、ルートはあることを閃《ひらめ》いた。

「ちょっと皆、教えてくれ。成功した人は、どんな組み合わせの属性を使えるようになったかな？」

「僕は火と土です」

「同じく、火と土です」

「風と水です」

生徒たちが口々に言う。

「次、まだできていない人は、どんな組み合わせを試そうとしているのか、教えてくれ」

「火と水です」

「僕は水と土です」

「火と風です」

「同じく火と風です」

「あはは……そうか、そういうことか。なんで今まで気づかなかったんだ」

ルートは苦笑いしながら、地面に図のようなものを描いた。

それは、魔法属性相関図《まほうぞくせいそうかんず》だ。ルートは前世でゲームをするとき、魔法の相性を頭に入れて、使う魔法を選んだものだった。

「待てよ。となると『グレイダルの法則』もこれで考えれば解決するんじゃないか？」

「せ、先生、さっきからなにを言ってるんですか？」

「それに、その図はいったい……」

「ああ、ごめんごめん……いいか、皆、驚くなよ。君たちは、今『グレイダルの法則』の新しい解釈の発見現場に立ち会っているんだ」

「ええっ、本当ですか？」

「そ、それって、世紀の大発見じゃない？」

生徒たちは驚き、騒ぎ始めた。

「よし、じゃあ、この発見を皆で証明してみよう。いいか、この図をよく見てくれ。もう少し大きく描くからな」

ルートはそう言うと、メタルスタッフの柄で、魔法属性相関図を差した。

「魔法の属性には、相性があるんだ。火は風に強く、水に弱い。風は土に強く、火に弱い。分かるだろう？　つまり、互いに矢印を向けている隣り合った属性同士は、一方が一方を打ち消す関係なんだ。だから、《火属性》の人は《水属性》を発動しにくい。発動しやすいのは、対角線にある組み合わせだ。つまり、《火属性》の人は《土属性》の練習をすれば、発動しやすいわけだ」

ルートは、そう言ってからセリーナを見た。

「セリーナ、君はさっき、《風属性》と《土属性》の魔法の《合成》を練習していたけど、上手くできなかったね？」

「はい、先生、今、すっきり理解できましたわ。なんて素晴らしい、感激ですわ」

セリーナが目を輝かせた。

「そうか、じゃあ、俺は《土属性》の魔法が発現しやすいってことか」

「そういうことだ、ベラム」

生徒たちは目を輝かせながら、早速さっきの練習の続きを始めた。

すると、次々に成功する者が出て、結局この日、属性を一つしか持っていなかった生徒たちは、全員二つ目の属性を獲得し、魔法の《合成》を練習していた者たちもなんなく成功したのだった。

ルートの『グレイダルの法則』の新解釈発見の話は、その日のうちに瞬く間に学校中に広がって、大騒ぎになった。知らせを受けたリーフベルとコーベル、そして魔法学科のボルトンとサザールが所長室に集まり、ルートを呼んで詳しい話を聞くことになった。

しかし、ルートは大まかな説明をしたあと、彼らにこう言った。

「まだ、正確な数値を出していませんので、これから実験を繰り返して数式化したいと思います。それまでどうか、外部には公表を控えてください」

「うむ、承知した。先生方も、よろしく頼むぞ。これから、全生徒をホールに集めよう。わしがルートの代わりに生徒たちに口外せぬよう、釘を刺そう」

「分かりました。早速手配いたします」

リーフベルの言葉にコーベルが頷く。コーベルが全校集会の指示を出しにいったあと、リーフベルは、感慨深げに窓の外を眺めながら言った。

「今更ながら、魔法の世界の奥深さ、面白さに気づかされたぞ、ルートよ。実に面白い。これからも、もっとわしに、魔法の世界の深淵《しんえん》を覗かせてくれ」

「そうですね。まだまだ、たくさんあると思いますよ。ボルトン先生、サザール先生、どうか力を貸してください」

「こちらこそ、お願いします。あなたと同じ時代を生きられることを神に感謝します」

「まさに、ボルトン先生の言うとおりです。こんなに血が沸きたつ思いをするのは、初めて魔法を使ったとき以来です。喜んで協力させてもらいますよ」

ボルトンとサザールがルートを見て頷く。

後日、ルートは実験を重ね、『グレイダルの法則』を次のように修正した。

**《グレイダルの法則》**
**※属性が異なり相殺し合う二つの魔法を同時に発動したとき、必要な魔力量は、別々の魔法として発動したときの魔力量の総和の二乗×二分の五倍に二次曲線を描いて増加する。**
**※また、属性が異なり融和する二つの魔法を同時に発動したとき、必要な魔力量は、別々の魔法として発動したときの魔力量の総和の三・三六倍に比例直線を描いて増加する。**

この新しい基本法則は『グレイダルとブロワーの合成魔法定理』と名づけられ、リーフベルが直接王城へ出向き、グランデル国王に奏上された。王は非常に感激し、早速教育局長官に出版物の当該部分の書き換えと新定理発表を命じたのだった。

# 最終章　幸福の未来図

「ああ、終わった～～」

空が灰色の雲に覆われ、ちらちらと今年初めての雪が舞い落ちてきた。

王立子女養成学問所は、五日間の期末試験期間が終わったところだ。

その日の最後のホームルームの時間。

「皆、期末試験お疲れさま。いよいよ、来週から楽しい冬休みだ」

「イヤッホー！　遊びまくるぞ～！」

ルートの言葉に生徒たちが歓声を上げて、拳を突き上げる。

「ただし、合格点が取れなかった教科がある者は、当然追試が待っているぞ」

「うわ～、やべええ。俺、魔法薬学が自信ないんだよ。先生、お慈悲を～」

悲痛な声と笑い声が教室に響き渡る。

「あはは……じゃあ今から、一人一人に評価結果を配るぞ～。取りにきてくれ」

「ああ、神様、どうかお願いします。追試がありませんように」

先ほどの男子生徒が目を閉じて、祈っている。

この学校の試験結果は即日開示だ。実技試験が多いし、ペーパー試験も記述形式の問題が中心で、教師は数時間もあれば、採点と記録を終えることができる。

「うおおっ、やったあ、全部合格だ」

「私も全部合格だわ、嬉しいっ！」

「えっ、皆合格したのか？　じゃあ、追試を受けるのは……」

全員に評価用紙を配り終えたルートが、にこにこしながら言った。

「皆、おめでとう。このクラスは、というより一年生は全員追試なしだ」

「ええっ？　本当に？　すごい」

「ああ、先生たちもびっくりしてたよ。今年の一年生は優秀だって。ということで、冬休みは、大いに楽しんでいいぞ」

ルートの言葉に全員が歓声を上げる。

「ただし、宿題はちゃんと出すからね。ゲイル、ミランダ、皆にこの課題一覧表を配ってくれ」

クラス委員長のゲイル・カートンと副委員長のミランダ・ボースが前に出てきて、ルートから一覧表を受け取り、一人一人に配っていく。

一覧表には全てのコースの課題がびっしりと書かれている。

ルートは、クラスの全員の選択希望コースを考えながら、一人一人の課題に赤い丸印をつけてやった。担任としてのささやかな心配りである。

こうして、ルートにとって初めての王立学校での前期日程が終わった。

このあと、二、三年生の追試に三日ほど付き合ったり、十五歳の誕生日を迎えたりして、ようやく休みを取ることができた。それは、雪が再び静かに降り始めた十二月二十三日であった。

◇　◇　◇

「ただいま～」

「ん、おかえり、どうもお疲れさまでした」

ルートが郊外の屋敷に帰ると、エプロン姿のリーナが出迎えてくれた。

「んん、なにか美味しそうな匂いがするね」

「ん、ふふ……いいチーズが手に入ったから、クリームシチューを作った」

リーナは頬を染めながら嬉しそうに微笑む。

ルートが着替えをすませ、手を洗って戻ってくると、食堂のテーブルにはリーナ手作りの美味しそうな料理が、湯気を立てて並んでいた。

「おお、すごいね。リーナ、料理の腕を上げたね」

「嬉しい、喜んでもらえて。王都で評判のお店にいくつか行ってみたの。それで、美味しかった料理は、お店の人に聞いてレシピをメモして作ってる」

「へえ、でも、レシピは簡単には教えてくれないだろう？」

「ん、肉の種類とか、ソースやドレッシングの材料とか、こっちで当てて、向こうが答える形？ある程度は答えてくれるよ。あとは、私の推測」

「なるほど、誘導尋問《ゆうどうじんもん》ってやつだね。どれどれ、早速いただいていいかい？」

「ん、どうぞ」

ルートは早速シチューをスプーンですくって、口に運ぶ。

「……んん、美味いっ！　チーズがこくを出していて、鶏肉のうまみが野菜にしみこんでいる。体の中から温まるよ」

「よかった。ふふ……ハンバーグも食べてみて。ソースが美味しいよ」

ルートは美味いを連発しながら、料理をどんどん平らげていった。

「明日、ポルージャに帰るの？」

パンにハンバーグを挟んでかぶりつきながら、リーナが尋ねる。

「うん、せっかくリーナに皆へのプレゼントを買ってもらったから、配ろうと思ってね」

「ん、楽しみ」

ルートはスプーンを置いて、ナプキンで口を拭いたあと、少し改まった顔でリーナを見つめた。

「リーナ、クリスマスが終わったら、リーナの故郷へ行こう」

リーナはパンを持ったまま、戸惑ったように視線をそらしてしばらくためらったあと、おずおずと口を開いた。

「あ、あのね、ルート、青狼族は昔から人間を敵だと考えてきたの。でも、村だけでは皆が生きていくのに限界があった。だから、毎年何人かは村を出て人間の街で働くようになった。そして、街で働くようになった若い青狼族は、もう村には戻ってこない。なぜなら、街での生活のほうが何倍もいいから」

リーナはここで一度言葉を切り、ルートを見つめた。

「でも、それを村に伝えようとはしない。そんなことをしたら、裏切り者とののしられ、下手をすると殺されるかもしれない。私の故郷はそんな村なの。だから、ルートが行ったら、きっととても嫌な思いをする。あなたにそんな思いはさせたくない……」

「そうか……そういう理由があったんだね。ありがとう、リーナ、僕のことを心配してくれて。でもね、どんな場所だとしても、僕にとってはリーナを生み育ててくれた大切な場所なんだ」

ルートの言葉を聞いて、リーナの目から涙が溢れてぽとぽととテーブルに落ちる。

「一緒に行こう、リーナ。そして、村の生活が少しでも楽になるように、なにができるか一緒に考えようよ」

「ルート……うん……うん」

ようやくリーナの承諾を得ることができ、ルートは彼女の故郷へ行くことになった。

翌日、二人は『魔導式蒸気自動馬車』に乗ってポルージャに向かった。

クリスマスイブの夜、『タイムズ商会』本店の裏にある二軒の家の前に大勢の人が集まり、大きなクリスマスツリーを囲んで野外パーティーが開かれた。

庭の二か所にバーベキューコンロが置かれ、テーブルとイスがあちこちに並べられ、集まった人たちはテーブルに置かれた料理を思い思いにつまみながら、酒を飲み、語り合った。

「ひひひ……こんな夜を迎えることになるとはねえ、長生きはするもんだ」

「全くだな。スラムで明日の飯の心配をしていた頃が嘘みてえだ」

招かれた客の中には、今やポルージャの観光名所となった『マッサージサロン・ガルバン』の女主人のイボンヌや、タイムズ商会の傘下に入り、屋台業の元締めになったコパンの姿もあった。

「さて、皆さん、ここでプレゼント交換といきましょう。今から、美女コーラスグループ『エンジェルス』に『神の夜《きよしこのよる》』を歌ってもらいます。その歌が終わるまで、近くの人とプレゼントを交換してください。では、始めましょう」

ルートのかけ声とともに、マーベル、ポーリー、ロザリー、セシル、ベーベの五人が歌い始め、皆自分の持ってきたプレゼントを、周囲の人たちと交換し始めた。

ちょっと、音の外れた『神の夜《きよしこのよる》』と、人々の賑やかな声が聖夜の空に響く。

◇◇◇

ガルニア侯爵領からリンドバル辺境伯領へと続く海岸沿いの山岳地帯、この山中にリーナの故郷、青狼族の村がある。

この世界には、『獣人』が五種族住んでいる。青狼族の他に、尻尾がより長く俊敏性に優れた小柄な『赤犬族《あかいぬぞく》』、北の辺境に広く住んでいる『白狼族《はくろうぞく》』。東の海の島々に小さな集団で住んでいる『海狼族《かいろうぞく》』。そしてめったに人前に姿を見せず、南の竜人島で独自の生活をしている『竜人族《りゅうじんぞく》』である。

青狼族は、かつてこの世界のあちこちに小さな集団を作って生活していたが、人間との生存競争に敗れ、次第に住む場所を追われてしまった。今ではこの大陸の小さな村と、西の大陸の辺境地にわずかな数が生存するだけだ。滅びゆく種族だった。

青狼族の場合、他の獣人と違って生活様式や生活環境が人間とほとんど同じだったのがいけなかった。身体能力は人間より優れていたが、技術の発達が遅れたことと、個人主義的な傾向が強く、まとまった国家を作ろうとしなかった。そのため、住む場所を奪う人間との戦いに勝てず、人口を増やすこともできなかったのである。

ルートたちはクリスマスの日の朝、『魔導式蒸気自動馬車』に乗って、リンドバル領に出発した。

「そういえば、リーナと二人で自動馬車で遠出するのは初めてだね」

「ん……なんか、緊張する」

「え、それって、僕と二人だから？　それとも故郷に帰るから？」

「た、たぶん、両方……」

ルートは微笑みながら助手席のリーナの手を優しく握った。

「せっかくだから楽しもう。そうだ、久しぶりに『雨宿り亭』に行ってみようか？」

「あ、うん、行きたい。マーサさん、元気かな」

リーナの笑顔を見てルートは安心し、『魔導式蒸気自動馬車』のスピードを上げた。

道路工事が終わり、石畳で舗装された道を自動馬車は軽やかに走っていく。

久しぶりに訪れた『雨宿り亭』は、宿泊用の部屋が建て増しされ、大きくなっていた。従業員も二人増え、シェフが美味しい料理を提供する評判の宿屋になっていた。

「まあ、いらっしゃい、ルートさんにリーナさん。あら、ジークさんは今日は……」

「お久しぶりです、マーサさん。今日は二人だけです。ジークには商会の仕事をやってもらってます」

厨房から出てきた女主人のマーサが、嬉しそうにテーブルへ案内した。

「本当に立派になられて。聞いてますよ、『タイムズ商会』の評判。今や王国で一、二を争う大商会だって、すごいねえ」

「いえいえ、まだそこまでは……それより、びっくりしましたよ。建物がずいぶん大きくなって、お客さんもいっぱいじゃないですか」

マーサとあとからやってきた息子のジェンスは顔を見合わせて、にっこりと微笑む。

「お陰様でねえ、それもこれも、全てルートさんたちのお陰ですよ」

「ええ、母の言うとおりです。ここが、タイムズ商会の贔屓《ひいき》の宿だって評判が広がって、商人の方たちを中心に遠くからも来ていただけるようになりました」

「それと、なんと言ってもあれのお陰ですよ」

マーサはそう言ってルートに顔を近づけ、周囲に聞こえないように小さな声で言う。

「いただいた皮袋。食材が何日経っても新鮮だから、無駄が出ないのさ。この宿の料理の評判も上々。本当にすごいお宝をいただきました。どんなに感謝しても足りないくらいだよ」

「あはは……お役に立っているならよかったです」

「待っててね、今からうちの最高の料理を作るから」

マーサはそう言うと、うきうきしながら厨房へ戻っていった。

「なんか嬉しいね。ちょっとした縁で人が幸せになるって」

「うん……私も同じ。ちょっとした縁でルートと知り合って、幸せになった」

「うん、それはお互い様さ。僕もリーナのお陰で幸せになったよ」

二人は出会った日のことを思い出して、思わず笑い出してしまう。

「ふふ……私、ルートに男に間違われた」

「ああ、あれは本当に悪かったよ。フードでほとんど顔が見えなかったからさ」

「ん、獣人ってバレると毛嫌いされるから、髪の色と耳を隠してたの」

出会ったときのごたごたも、今となってはいい思い出である。

「お待ちどうさま。さあさあ、いっぱい食べてね」

マーサとイリアが、ワゴンにたくさんの料理を載せて運んできた。

「うわあ、すごいな。こんなにたくさんは食べきれませんよ」

「いいよ、いいよ、少しずつ全品味わっておくれ。それで感想を聞かせてほしいの」

「分かりました。じゃあ、遠慮なくいただきます」

マーサがそう言い、ルートとリーナは早速皿に小分けしながらそれらの料理を味わった。

どれも美味しくて、流石に料理を売りにしているだけのことはある。中でも、特にルートの関心を奪った料理があった。

「イリアさん、これは？」

「ああ、それ美味しいでしょう？　『タイムズ商会』で売り出している『カラアゲ』をヒントにして作ったのよ。猪《いのしし》の肉を細かく叩いて、塩と香辛料を混ぜてこね、丸めて油で揚げたの」

「ええ、とても美味しいですが、この衣、パン粉じゃないですよね？」

「ふふ、流石ですね、ルートさん。これは『コルム』という小さな種を砕いてまぶしたんですよ、サクサクして美味しいでしょう？」

「『コルム』……」

「ん？　『コルム』がどうかしたのかい？」

ルートがじっと肉団子揚げを見つめながら考え込んでいると、マーサが言った。

「マーサさん、『コルム』を見せてもらえませんか？」

「あ、ああ、それはかまわないけど……イリア、持ってきておくれ」

ルートの真剣な目にマーサは驚きながら、イリアにそう言った。

「ルート、どうしたの？」

「うん、もしかすると『コルム』って、僕が長年探し続けてきたものかもしれないんだ」

（穀物《こくもつ》でこの食感、米かもしれない……）

　ルートがドキドキしながら待っていると、イリアが厨房から種をひと掴み持って、戻ってきた。

「これが、『コルム』ですよ」

　イリアの手のひらに乗っていたもの。それは間違いなく殻がついたままの米だった。

「……マーサさん、これ商人から買ったんですか？」

「ああ、そうだよ。なじみの商人でブランっていう人なんだけど、これがどうかしたの？」

「ええ、ずっとこれを探していたんです。エドガーさんやベンソンさんにも探してと頼んでいたのですが……まさかすでに出回っていたなんて。よかったら、そのブランさんを紹介してもらえませんか？」

「それは、構わないけど、これ、なにか使い道がないかって言われてね。売れなくて困ってたから、買ってあげたのよ。これを、なにに使うの？」

「これは最高に美味しい食材なんです。来年の今頃は、きっと大人気商品になっているはずですよ。あ、これはまだ内緒でお願いしますね」

　ルートは満面の笑みで、イリアに答えた。

「ええっ、こ、これが？　信じられないわ」

「そうだねえ……でも、ルートさんがそう言うなら、きっと間違いないよ。じゃあ、早速、ブランの店に案内するかね」

戸惑うイリアと対照的に、マーサは乗り気である。

ルートは、ついに米と巡り合うことができた。麦があるのだから、どこかに必ずあると信じていたが、やっぱりこの世界にも稲《いね》は生育していたのだ。

ルートたちは、マーサの案内でリンドバルの街の市場にあるダル・ブランの店に行った。ルートはブランに、店にある三十キロの米二袋を全部買い取ると言い、どこで仕入れたのかを尋ねた。

「こいつは南の沼の近くに住む狩人が野菜やチーズと交換してくれと持ってきたんだよ。正直、困ったんだが、今年は獲物が獲れなくて困っているって言うからね。顔なじみだから助けるつもりで交換してやったんだよ」

「ありがとう、ブランさん。その狩人の人、名前はなんと言うんですか？」

「バークスだ。ウィル・バークスという名前だよ」

「分かりました。ありがとう、これ代金です」

「えっ、こ、こんなに、いいのかい？」

ブランは、手のひらに置かれた五枚の銀貨を見て驚いた。

「ええ、情報代も含めての金額です。今後もよろしくお願いします」

ルートにとってはむしろ安いくらいの代金だったが、あまり多額を渡すと、噂が広まって面倒になると思ったのだ。

「よし、これはいい切り札が手に入ったぞ」

ルートは思わずにんまりして、そうつぶやいた。

ブランから米を買い取ったルートとリーナは、リンドバルの街を出て、西を目指して『魔導式蒸気自動馬車』を走らせた。

途中道が、ガルニア領へ向かう広い道と、遠くの山並みのほうへ向かう細い道に分かれていたが、ルートは舗装されていない細い道へハンドルを切った。

道はでこぼこで、あたりも草原や森が交互に続き、全く人が通る気配がない。この道が唯一、青狼族の村とリンドバルの街をつなぐ道なのである。

やがて、遠くに見えていた山並みが目の前まで来たとき、ルートが急に自動馬車を止めた。そこは山のほうから流れてくる川が蛇行し、南へ向きを変えている場所だった。

「どうかしたの？」

「うん」

リーナの問いに、ルートは曖昧《あいまい》に返事をして、自動馬車から降りた。

「これだけの広さと水があれば十分だな……」

ルートは川と川に囲まれた草原を眺めながらつぶやいた。

「リーナ、ここから村まであとどれくらい？」

「ん、あそこに見える丘を越えたところだから、歩いて三十分くらい？」

「そうか。自動馬車があれば、十分通えるね。よし、ちょっと準備をしとくか。リーナ、ちょっと待っててくれ」

ルートはそう言うと、川岸のほうへ下りていき、幅二十メートルあまりの川に魔法で石の橋を架けた。そしてその橋を渡って向こう岸へ行くと、今度は草原に向かって両手を伸ばした。

「えっ、なに、なに？　すごい……」

リーナが呆れて見守っている間に、ルートは約一〇〇メートル四方の草原を四等分して、一か所が二十×二十平方メートルくらいの面積の土地を次々に掘り起こしていった。そして余分な土は固めて川岸の低いところに並べ、積み上げる。そう、ルートが作っていたのは水田《すいでん》だった。

あぜ道を広く取り、川面より少し低いくらいに掘り下げたあと、各水田同士をつなぐ穴を作り、そこに石造りのパイプを通す。そして最後の仕上げに、川岸の二か所に穴を開け、そこにも石のパイプを通し、開閉用の門を作った。

「ふう、よし、準備完了」

ものの三十分もかからず、ルートは作業を終え、魔力を補充するためにバッグからポーションを取り出して飲み干した。

「お疲れさま。はい、タオル」

「ああ、ありがとう。ごめん、待たせたね」

「ううん、大丈夫。それより、これなに？　畑？」

リーナがルートに問いかける。

「うん、これは『コルム』を育てる畑でね、水を張って使うから水の畑、『水田』って言うんだ」

「『スイデン』……コルムって水の中で育つの？」

「ああ、正確に言うと、根っこが水に浸るくらいの場所が、コルムにとって最適な環境なんだよ」

リーナは頷きながら、どうしてこの人はこんなことを知っているのだろうと、改めて不思議な思いでルートを見つめていた。

「勝手に水田を作っちゃったけど、このあたりはリンドバル辺境伯の領地かな？　帰りに辺境伯様に会って事後承諾をもらわないとね。あはは……さあ、行こうか」

「うん」

再び自動馬車は走り出し、やがて緩やかな上り坂の道にさしかかったが、苦もなく軽快に登っていく。丘の頂上はある程度の広さの、平らな場所だった。

ルートとリーナはいったん自動馬車から降りて、丘の上から村の様子を眺めることにした。

「ここがリーナが生まれた村なんだね」

「うん……前と全然変わっていない」

リーナは複雑そうな表情でぽつりとそう答えた。

二人の視線の先では、川の上流が流れ、村と人間が住む場所を隔《へだ》てている。森を切り開いた土地に、木造りの粗末な家々が立ち並び、中央の広場や周囲の畑を見ることができた。

「っ！　右の森の中に魔力反応がある。魔物かな？」

ルートは《ボムプ》を使って、一応周囲の様子を探っていたのだ。森の中に赤い点があるのを確認した。

「ああ、もしかしたら、見張りかもしれない。魔物や盗賊を監視するために昔から見張りをしていたの」

「そうか、じゃあ、僕たちも見つかったね。行こうか」

二人は再び自動馬車に乗って、ゆっくりと丘を下り始めた。すると、村のほうから数人の男たちが出てきて、ルートたちが来るのを待ち受ける。

ルートは対岸の平らな場所に自動馬車を止めると、馬車から降りて岸のほうへ歩いていった。

「止まれっ！　お前たちは何者で、ここへなにをしにきた？」

男たちのうちの一人が、警戒心を露《あら》わにして叫んだ。

ルートが答えようとすると、リーナがルートの腕をそっと押さえて小さく頷き、前に出る。

「ガルーシさん、お久しぶりです。私です、リーナです」

「えっ、リ、リーナだって？　……おお、確かにリーナだ。お前、いったい……」

ざわめき始めた男たちの後ろから、一人の痩せて小柄な女性が男たちをかき分けるようにして出てきた。

「リーナッ！　あああ、リーナ」

「母さんっ！」

リーナは母親の姿を見て思わず駆け出し、十メートル余りある川を難なくジャンプして飛び越えた。ルートは呆気にとられながらも、なぜ川に橋が架かっていないのかを理解した。青狼族にとっては、橋など必要ないのである。

とはいっても、ルートは橋がなければずぶ濡れになって渡るしかない。そこで、再会を喜んでいるリーナと母親の姿を眺めている周囲の男たちに向かって小さな声で尋ねた。

「すみません、ここに橋をかけてもいいですか？」

ルートの言葉に、男たちは『なに寝言を言っているんだこいつは』というような顔をする。リーナは母親から離れて、すまなそうにルートに言った。

「ごめんなさい、ルート。ガルーシさん、彼は怪しい人じゃありません。橋を架けてもいいですよね？」

「あ、ああ、リーナがそう言うなら……でも、橋を架けるって簡単に言うが、木を切るにも時間がかかるぞ」

「大丈夫。彼はすごい魔法使いなの、見てて。ルート、橋をかけていいわよ」

「ありがとう、リーナ」

ルートはにこにこしながら、早速川の中の石を材料にして石のブロックを作り、それで四本の支柱を立て、その上に平らで大きなブロックを載せ、両側に手すりを作った。

大雨がきて濁流《だくりゅう》がぶつかればすぐに壊れてしまいそうな簡素な石橋だったが、今だけ使えればいい。

「な、なんだ、あの魔法は……信じられん」

ガルーシがつぶやく。ものの十分もかからず石橋を作り上げるルートを、青狼族の人々は呆気にとられてポカンと見守るばかりだった。ルートは自動馬車に戻って、ゆっくりと石橋を渡る。

リーナのお陰で、なんとか無事に青狼族の村に入ることができた。

◇　◇　◇

「……そう……じゃあ、その事故で父さんは……」

「ええ、即死だったわ」

リーナと母親は話をしながら、我が家への道を歩いていた。

話によると、リーナの父親は二年前の春、村の男たちと一緒に狩りに行ったとき、突進してきた猪を避けようとして足を滑らせ、崖から転落してしまった。肋骨《ろっこつ》を強打し、折れた骨が肺と肝臓に刺さったらしい。即死だったようだ。

「あ、お姉ちゃんっ！　リーナお姉ちゃんだ」

「えっ？　リ、リーナお姉ちゃん？」

女の子の声にルートは目を見開く。ある家の前で友達と遊んでいた十歳くらいの女の子と十三歳くらいの男の子が、母親と一緒に歩いてくるリーナの姿を見て、駆け寄ってきたのだ。

「ラビス、リサ……二人とも元気だった？」

「うん、元気だよ……でも、父さんが……」

「ん、母さんから聞いた。辛かったね、ごめんね。一緒にいてやれなかった……っ！　どうしたの、ラビス？　泣いてる……」

「ごめん、姉ちゃん……俺たちにたくさん食べさせるために、姉ちゃんが出ていって……俺、姉ちゃんにずっと謝りたくて……ごめんな……」

「ラビス……」

リーナは二人の弟妹を抱きしめて涙を流した。

「ふふ……大丈夫だよ。ほら、姉ちゃん、こんなに元気だから」

「うん、お姉ちゃん、とってもきれい……それに、とってもいい匂い」

リサがリーナの胸に顔をうずめる。

「ほらほら、二人とも、ちゃんとお客さんにごあいさつしなさい」

母親の言葉に、ラビスとリサはリーナから離れて、そばに立っているルートを見た。

「姉ちゃん。この人間、姉ちゃんの友達？」

「う、うん、とっても大切な人。ルートって言うの。ルートのおかげで、私は今とっても幸せに暮らしてる」

ラビスはまだ懐疑的な目でじっとルートを見つめている。

「ふうん……俺とあまり年は違わないように見えるけど、なにをしている人？」

「あはは……そうだよね。あまり年が違わないやつが、大切な姉さんのそばにいるんだから、心配になるよね。初めまして、ラビス君、リサちゃん、僕はルート・ブロワー。お姉ちゃんとは、冒険者として知り合って、一緒に仕事をした仲間だ。今は、王都で学校の先生をしている。よろしくね」

「「せん、せい？」」

ラビスとリサが揃って首を傾げる。

「あのね、ラビス、リサ。先生っていうのは、子供たちに色んなことを教えてくれる人なの。ルートはね、なんでも知ってるすごい人なんだよ」

リーナの言葉に、リサもラビスも驚いたようにルートを見た。

そのとき、ルートは背後に人の気配を感じて振り返った。すると、たくましい体付きの二人の男たちにはさまれて、かなり高齢に見える白髪の老人が近づいてきた。

「お客人、すまぬが一緒に来てくれぬか。話を聞きたいのでな」

「あ、はい、いいですよ。えぇっと……」

「族長のダマンさん……ダマンさん、私も一緒にいいですか？」

「……いや、リーナはエルサたちと積もる話をしていてくれ。心配せんでもいい、話を聞くだけじゃ」

「リーナ、大丈夫だよ」

ルートの言葉に、リーナはなおも心配そうだったが小さく頷いた。

「分かった。じゃあ、そこの家で待ってるから」

リーナが言う。

ルートは男たちの後ろについて、村の奥へ消えていった。彼が連れていかれたのは、広場の先にあるダマンの家だ。他の家より大きく、中には集会用なのか、広間が作られていた。

そこにはすでに五、六人の男たちが両側に分かれて座り、雑談をしている。

ルートが入ると、男たちは雑談をやめて、じっとルートに鋭い視線を向けた。

（尋問会議かな。これで、下手な受け答えをしたら、『処刑じゃ！』ってなるのかな、やっぱり……）

ルートがそんなことを考えていると、呼びかけられた。

「お客人、こちらにお座りくだされ」

族長のダマンがそう言って指し示したのは、自分の席の隣だった。

（あ、あれ？　ここって、上座だよな？　ということは……）

ルートは戸惑いながらも、言われたとおり、ダマンの隣に座った。

「さて、皆《みな》の衆《しゅう》、こちらがリーナを連れてきてくれたルート殿じゃ。まず、ルート殿にどんないきさつでリーナと知り合い、なぜここに連れてきたのか聞きたいと思う。よろしいかな？」

「はい、喜んでお話しします。僕たちが初めて会ったのは……」

ダマンの問いにルートは頷いて、出会いのいきさつから現在までのことをかいつまんで話した。

村人たちは真剣に聞き入りながら、特に『毒沼のダンジョン』の攻略や『タイムズ商会』の立ち上げに興味を示した。さらに、ビオラ襲撃事件の話では、何度も驚きの声を上げた。

「……そんなわけで、今、僕たちは王都で暮らしています」

「おお、それじゃあリーナは一度も人間に迫害されなかったと……？」

「ええ、僕の仲間になってからは一度も。ただ、冒険者になった最初の頃、悪い冒険者に騙されて危ない目に遭ったようですが……」

「ほれ見ろ、やっぱりそうだ。きっと、パッドのやつも人間に騙されて、殺されたか、戻ってこれないところでこき使われているんだ」

「おい、落ち着け。戻ってこないのはお前の息子だけじゃないんだ」

広間にいた村人が声を上げる。

(ははあ、なるほど、そういうことか。出ていった若い連中が戻ってこないから、必要以上に外の世界を怖がっているんだな)

ルートがそんなことを考えていると、村人が尋ねる。

「なあ、あんた、青狼族が殺されたとか、奴隷にされたとか、そんな話は聞いていないか？」

「いいえ、僕が知る限り、そんなことは起きていないと思います。それどころか、リンドバルの市場やポルージャの街でも、獣人の人たちが何人も働いていますよ。街が豊かになり、差別も減りました」

ルートの言葉に、村人たちは喜ぶどころか、むしろ気まずそうな顔で黙り込んだ。

「あの、ちょっとお尋ねしていいですか？」

「あ、ああ、なんだね？」

ある村人がダマンに話しかける。

「出ていった若い人たちが戻ってこないのは、街での生活がいいと言うと、裏切り者扱いされるからだと聞きました。そうなると、リーナも裏切り者ということになるんでしょうか？」

「あ、い、いや、それは……」

ダマンは口ごもってすぐには答えられなかったが、やがてため息を吐いて口を開いた。

「我々の先祖は何度も人間と戦い、そして敗れてこの山中に隠れ住んだ。人間とは関わり合うな、というのが代々の掟なのじゃ。この村では獣の肉も畑の野菜も全て公平に家々に分けられる。だが、八十人以上は養うことが難しい。だから、子供が生まれて人数が増えると、その家の年長の子供たちから順番に村の外へ出すようになった……」

ダマンはここで一度言葉を切ると、村人たちを見回した。

「家族も、他の者たちも申し訳なくて、後ろめたい気持ちでいっぱいなのじゃよ。だから、村の外で元気に暮らしていると分かれば嬉しいのじゃ。出ていった子供たちが帰ってくると、わざと冷たい言葉をかけて街に帰るようにけしかけた。一方で街でひどい扱いを受けた話もたくさん聞いた。どうするのが正解なのか、分からんのじゃ」

ダマンの話を聞いて、ルートは青狼族の人々の複雑な心情を理解した。そして、自分が頭に描いていた青狼族の幸福の未来図を、ぜひ村の人たちに理解してもらいたいと思った。

「皆さん、聞いてください」

ルートが、ダマンと村の男たちを見て口を開く。

「僕はリーナのすごい能力を見ながら、いつも不思議というか、もったいないと思っていたのです。どうして、もっと青狼族はこの能力を活かして、世界で活躍していないのだろうと。でも、今ダマンさんのお話を聞いて理解しました。そして、ますますもったいないという気持ちが強くなりました。皆さんは、もっとこの世界で活躍し、称賛されるべきだと思います。別に人間のために働けとは言いません。自分たちのため、そして将来の子供たちのために、世界へ出てみませんか？」

青狼族の男たちは、ルートの言葉に引き込まれるように、身を乗り出して真剣に聞いていた。

「世界へ出る？」

一人の男がそう問いかける。

「はい。まずは村に子供が増えても十分に食べられるように、食料を増やさないといけません」

「簡単に言うが、畑を増やすには森を切り開いて整地しなければならん。種をまいて世話をし、収《しゅう》穫《かく》する。いったいどれほどの手間がかかるのか……」

問いかけた男が顔をしかめる。

「必要はありません。皆さんは『コルム』を知っていますか？」

「『コルム』？　いや、知らんな。なんじゃな、それは？」

ダマンが首を傾げる。

ルートはマジックバッグから、リンドバルの市場で仕入れた米を取り出して彼らに見せた。

「これです。小麦と同じ穀物ですが、湿気の多い土地で生育します。ここから南にある沼地でバークスさんという人が作っているそうです」

「ああ、バークスか。知っているぞ。時々、狩った獣を売りにきていたが、橋がないからいつも諦めて帰っていたな。確かそう名乗っていたと思うが、最近は見かけないな。その種がどうかしたのか？」

一人の男の問いに、ルートはにやりと微笑んで男たちを見回した。

「これはまだこの国ではバークスさんしか作っていません。彼も恐らく売るためじゃなく、自分の食料として作っているのでしょう。これは間違いなく売れます。いや、僕が売ってみせます。これはとても美味しいし、それほど手間をかけなくても大量に収穫できます」

「つまり、それをわしらに作れと？」

「はい。実はもう作付けする場所も作ってあります」

ダマンをはじめ、男たちは、まだ信じられない様子で、戸惑った表情を浮かべていた。

「まあ、実際にどんなものか分からないと納得できませんよね。じゃあ、食べてみましょうか。広場で火を焚いてもいいですか？」

ルートはまず米を炊くための大きな釜《かま》を作ることにした。金属が近くになかったので、石鍋を作ることにし、川のそばに行って石を《分解《ぶんかい》》し、鍋の形に《合成》した。

「すみませ～ん、これを運んでもらえますか？」

大きな石の鍋は重さが六十キロくらいあった。

「あんた、なぜいとも簡単にこんなものが作れるんだ？」

「ああ、ええっと、慣れれば誰にでもできますよ、あはは……」

二人の男たちが呆れたような顔で、石鍋を抱えて広場へ運ぶ。

ルートは、今度は広場に土を使って大きなかまどを作り、その上に先ほどの石鍋を載せてもらう。

「さて、今度は米の籾摺《もみす》りと精米だが、これは面倒だから魔法でこっそりやってしまうか」

米は優秀な穀物だが、この籾摺りと精米が一つの大きな難点だ。

だが、ルートは前世で、脱穀《だっこく》から籾摺り、精米を行う機械の仕組みに興味を持って調べたことがあった。前世では工業科の学生だったので、機械の仕組みは分かっている。近いうちに《リープ工房》で一連の機械を作ろうと、ルートは思うのだった。

とりあえず、今は魔法を使って二十キロ分の米を脱穀し、玄米の表面のセルロースの皮を取り除くことにした。石鍋の中に入れられたものが、あっという間に白い米粒になるのを見ていた周囲の青狼族の人々は、驚きと恐怖が入り混じった顔をしている。

ルートは無視して、石鍋の中の米粒から水分を抜き取る乾燥の作業を行った。そして、《水属性》の魔法で水を入れ、準備を終えた。

「よし、あとはこのまましばらく置いて、炊くだけだな」

作業を終えたルートが振り返ると、そこには村中の人たちが集まっていた。

「魔法すげえ、なんでもできちゃうんだ！」

特に子供たちは目を輝かせて、前のほうに集まっていた。ラビスとリサがその中心にいる。

「せんせいってすごいね、リーナお姉ちゃん」

「うん、すごいんだよ。ルートはね、なんだってできるんだよ」

「本当？　じゃあ、お空もビューンて飛べるの？」

リサが目を輝かせながらルートに話しかける。

「あはは……流石にそれは無理かな。あ、そうだ、子供たちにお願いしようかな。ねえ、君たち、あとでこのかまどに火を点けるんだけど、リーナお姉ちゃんと一緒に、枯れ枝をたくさん集めてきてくれないか？」

「ん、じゃあ、皆行こうか」

リーナが声をかけると、子供たちは元気に返事をして、森のほうへ走り出した。

ルートはにこにこしながらそれを見送ると、族長のダマンに向き直って言った。

「ダマンさん、子供たちが帰ってくるまでに、『コルム』を作付けする場所を見にいきませんか？

他に行きたい人はいませんか？　あと二人ほどなら自動馬車に乗れますよ」

「お、俺が行く」

「俺も頼む」

二人の男が勢い込んで名乗り出た。

ルートはダマンと二人の男たちを自動馬車に乗せて、先ほど整地した水田へ向かって出発した。

「おお、動いた……すごいな……これ、どうやって動いてるんだ？」

「魔法じゃないか……あれだけの魔法が使えるんだから」

「これは、蒸気の力で動いてるんですよ」

二人の男にルートが答える。

「蒸気？」

「水を温めると出る白い煙じゃ。それにしても、これは楽じゃな。座っていれば自動で運んでくれるんじゃからな」

ダマンと二人の男たちは子供のように喜んで、移り変わる外の景色を眺めるのだった。

「おお、こ、これは……」

きれいに区画整理された水田を見て、ダマンや二人の男たちは感嘆の声を上げた。

「ダマンさん、皆さん、これから『コルム』の育て方を説明します。分からないところは何度でも質問してください。そして、村の人たちにも教えてください」

「うむ、分かった」

ダマンが頷くと、ルートは三人を連れて川のほうへ下りていった。そして、まず水門の説明から初めて、苗作り、田植え、鳥や害虫への対策などの話をした。

ダマンと男たちは目を輝かせてルートの説明に聞き入り、次々と質問する。

ルートは前世で、父親の故郷で稲作の手伝いをした経験があったので、どんな質問にも的確に答えることができた。こうして、三十分ほどで説明を終えたルートは、再び自動馬車で村に帰った。

「あ、帰ってきた。魔法せんせ～い！　薪《たきぎ》、集めてきたよ～」

ラビスが手を振りながら走ってくる。いつの間にか、ルートは『魔法先生』になっていた。

広場へ行くと、かまどの横に枯れ枝が山のように積み上げられている。そして、子供たちが、一斉にルートに駆け寄って口々に話しかけてきた。

青狼族の子供たちは、人懐こくて素直ないい子たちばかりなのだと、ルートは嬉しくなった。

「おお、ありがとう皆。いっぱい集まったね。じゃあ、今から美味しいご飯を作るからね。楽しみに待っていてね」

ルートが言うと、子供たちは歓声を上げて大喜びだ。

ルートは大量の木の枝を材料に、石鍋に被せる蓋《ふた》を作った。リーナに手伝ってもらって、それを石鍋に被せると、いよいよかまどに火を入れた。

「わあ、すごいなあ……俺もあんな風に魔法使いたいなあ」

ラビスがつぶやく。ルートが小さな火の玉を作ってかまどに入れるのを見ながら、子供たちはキラキラと目を輝かせている。

青狼族も魔力を持っている。だが、運動能力が優れているため、攻撃や防御に魔法が必要だと感じないのだ。それゆえ魔法の習得が部族全体でおろそかにされてきた。

彼らが森で普通に生活していれば、《魔力感知《まりょくかんち》》や《加速》などのスキルがすぐに身につくため、運動能力と合わせれば獣や魔物も楽に倒せる。ただ、ケガの治療などは魔法が便利だし早いので、村にも代々治癒を専門とする魔法使いはいた。

「ねえ、魔法せんせい、あたしも魔法使えるようになる？」

「お、俺も魔法が使えるようになりたい。せんせい、教えてくれよ」

「俺も！」

「わたしも！」

比較的年上の八人ほどの子供たちが、ルートの周りを取り囲む。

「あはは……よし、分かった。じゃあ、川で練習しようか。リーナ、誰かに火の番をお願いできる？」

「うん、分かった。見ていてくれる人を探す。湯気が出始めたら火を強くするんだよね？」

「うん。でもあまり強くしなくてもいいよ。湯気の勢いが強くなったら、枝を足さないで残り火だけでいいからね」

「了解」

ルートは子供たちを連れて川のそばまで行った。そして、魔力操作の練習から始めて、基本的な魔法の練習を子供たちにさせる。

（ああ、なるほど……青狼族は身体能力を上げるために、魔力をほとんど体内で消費してるんだな。だから、魔力を体外に流すイメージをすることが難しいんだ）

《ボムプ》を使って子供たちの様子を見ていたルートは、青狼族の人たちが体外の魔力操作を苦手としている理由を理解した。子供たちの魔力は彼らの体内をぐるぐると回っており、手のひらに流れ出ている魔力はわずかしかなかったのである。

「よし、皆、聞いてくれ」

ルートは、《ファイヤーボール》の練習をやめて、子供たちに言った。

「魔法には色々な種類があるんだ。それは大きく二つに分けられる。一つは魔力を体の外に流す魔法。これは色々な形、例えば火とか水とかに魔力を変えることができる。もう一つは体の中に魔力を巡らせて、体の能力を強化する魔法だ。青狼族は、二つ目の体を強化する魔法が得意なんだ」

「んん、よく分かんないけど、せんせいみたいに火とか水とかは出せないの？」

「いや、練習すればできるようになると思うけど、苦手ってことだよ。逆に、僕みたいな人間は、一つ目の魔法はわりと簡単にできるけど、二つ目の身体強化魔法は苦手なんだ。ほら、君たちはこの川を楽に飛び越えられるだろう？　でも、僕はできない。つまり、魔法にも得意なものと不得意なものがあるってことだ」

「ううむ、なるほどなあ……そういうことか」

背後から声が聞こえてきたので、振り返ると、族長のダマンを始め、村の男たちがいつの間にかそこに集まって、熱心にルートの話を聞いていたのだった。

「ルート殿、わしは子供の頃、前の族長に『なぜ青狼族は人間に負けたのか』と聞いたことがある。族長の答えは、『人間の魔法に負けたのだ』というものじゃった。やはり、われわれは、人間より魔法の力が劣っているということか？」

ダマンの問いに、ルートは首を横に振って答えた。

「いいえ、とんでもない。逆ですよ。そうですね、昔の戦いがどんなものだったのか、分かりませんが、おそらく広い草原のような場所で、武器を持って戦ったのでしょう。それなら、青狼族が負けたのも分かります。いくら身体能力が優れていても、広い場所で遠距離からの一斉攻撃を受ければ、避けるのは難しいです。でも、森の中や街の中といった遮蔽物《しゃへいぶつ》がたくさんある場所だったらどうでしょう？　おそらく、青狼族が勝ったのではないでしょうか？」

ルートが言うと、ダマンや男たちは目を見開いて、感嘆の声を上げた。

「青狼族の特徴がどうして生まれたのか、元々生まれ持ったものなのか分かりませんが、人間にはめったに身につかない《加速》や《魔力感知》などのスキルを、簡単に身につけることができます。これはすごいことですよ。他にも練習すれば、《跳躍《ちょうやく》》とか《暗視《あんし》》のスキル、それに体そのものを硬くする防御スキルなんかも身につくんじゃないでしょうか？」

「どうすれば身につけられるんだ？　練習方法を教えてくれ」

男たちはルートの言葉に興奮し、習得の方法を聞きたがった。

「そうですね、こうすればいいという方法は僕にも分かりません。ただ、言えることが一つあります。それは、『思いの強さ』が大事ということです」

「『思いの強さ』……」

男のうちの一人が言う。

「はい、実例をお見せします。リーナ、ちょっと来てくれないか」

「ん、どうしたの？」

リーナは、何事だろうといった顔で、ルートのもとへ走ってきた。

「皆さんに、君が努力して身につけた能力を見てもらおうと思うんだ、いいかい？」

「う、うん、分かった」

リーナはちょっと赤くなりながら頷いた。

「皆さん、リーナは僕とチームを組んでから、いち早く敵を探す斥候をやってきました。僕は魔法は使えますが、力も弱く、足も遅い。そんな僕をなるべく危険から守るために、彼女は懸命に努力し、ときには危険な目に遭いながら、自分の能力を高めてきました……」

「そ、そんな……ルートったらおおげさ……」

リーナはますます赤くなって、ルートの脇腹を軽くつついた。

「いや、本当のことさ」

ルートは優しく微笑みながらそう言って、話を続けた。

「そのおかげで、彼女は短期間で、《加速》《忍《しの》び足《あし》》《魔力感知》《気配遮断《けはいしゃだん》》というスキルを獲得したのです。今から、そのすごさをリーナに見せてもらいます」

ルートはそう説明して、リーナに言った。

「じゃあ、リーナ。いいかい？」

リーナは顔を引き締めて、しっかりと頷く。

「どなたか、腕に自信がある方、お手伝いをお願いできますか？」

ルートの言葉に、男たちはお互いの顔を見合っていたが、やがて一人の男が前に出てきた。

先ほど、族長と一緒にルートのもとへやってきた二人の男のうちの一人だった。

「俺が相手をしよう。俺はガイゼス、族長の息子だ」

「ありがとうございます。ではガイゼスさん、リーナと対戦してください。ルールは簡単です。お互いに素手で戦い、相手に一撃を与えたほうが勝ちです」

「ほう、本当にそれでいいのか？　俺は手加減しないぞ」

「はい、遠慮なくどうぞ。リーナいいかい？」

「ん、分かった」

リーナとガイゼスは村はずれの空き地で、二十メートルほど離れて向かい合った。

「ダマンさん、合図をお願いします」

「うむ、承知した。では、いいな二人とも。始めっ！」

ダマンの声とともに、リーナが《加速》で一気に間合いを詰める。

だが、流石に青狼族の腕自慢だ。卓越《たくえつ》した動体視力でリーナの動きを捉えながら、迎撃する構えを取った。このまま直進すれば、相打ちか、リーチの長いガイゼスが一瞬早くリーナに一撃を加えることになるだろう。だが、ここでリーナは《気配遮断》を使って、左に回り込んだ。

「っ！　な、なにっ？」

一瞬リーナの姿を見失ったガイゼスだったが、すぐに自分の右側に動く影を捉えて、体制を整えた。だが、その時にはすでにリーナが目の前に迫っていた。ガイゼスはリーナに向けて、思い切り右手を振り下ろした。リーナはそれを難なくかいくぐり、ガイゼスの腹部に拳を突き入れる。

「勝負あり！」

ダマンが叫んだ瞬間、周囲から「うわあっ！」という歓声が上がる。

大人たちも子供たちも、リーナの美しい勝ち方に感動したのだ。

「皆さん、これが僕が伝えたかったことです。たとえ攻撃魔法や防御魔法が使えなくても、青狼族は十分に強い。そして、その強さを高めるのは、『思いの強さ』です。もう一つ実例をお見せしましょう」

ルートはそう言うと、上着を脱いで、シャツの袖をまくり上げた。

「今から、僕は自分の腕に、硬くなれという思いを込めます。体の中の魔力を腕に流し込むように集中して……よし、リーナ、ダガーで僕の腕を切ってみて」

「えっ！　ぼ、《防御結界》をかけたの？」

「いや、違うよ。身体強化だ。大丈夫、僕を信じて」

「う、うん……」

リーナはなおも心配だったが、ルートへの信頼は絶対だった。腰に提げたケースからダガーを引き抜くと、腕を伸ばしたルードのそばに歩み寄る。

「このあたり？」

「うん、そこでいいよ」

周囲で見守る青狼族の人々も、ごくりと唾を呑んで見つめていた。

リーナがダガーを振り上げ、そしてルートの右の二の腕に振り下ろした。

「うわっ」

その瞬間、子供たちは思わず悲鳴を上げて目を瞑った。

ガキーンッ！

それは、まるでナイフが石か金属とぶつかり合ったような音だった。

「わあ、すげえ、腕が石みたいになってるんだ」

「いったい、どうやったんだ？」

「魔力を腕に集中させ、硬くなれと強く念じたんです」

村人たちの言葉にルートが答える。

(イメージするのは、言葉では分かりにくいからなあ)

ルートは改めて、言葉を紡ぐ。

「青狼族なら、こういう身体強化は得意なはずです。大事なことは、漠然《ばくぜん》と強くなりたいとかじゃなくて、例えば、重い物を運んで手伝えるようになりたいとか、誰かのあるいは村のためにこんな能力を身につけたい、と強く思うことです」

「俺、早く父さんたちと一緒に狩りにいきたいんだ。弓も上手くなれるかな？」

「ああ、もちろんだよ。練習するとき、動いている獲物に矢を当てるところをしっかり頭に思い描いてごらん。必ず上手になるよ」

「うん、やってみる。ありがとう、せんせい」

子供のうちの一人が、笑顔で言う。

大人たちも、子供たちも、自分が特別に思えるようで、不思議そうに体を触っていた。

「おっと、そろそろ『コルム』が美味しく炊きあがる頃ですよ。広場に戻りましょう」

ルートが声をかけ、子供たちの歓声と大人たちのざわめきとともに、広場へ移動する。

「さて、どうかな？　リーナ、蓋を開けるよ」

ルートとリーナが二人で大きな木の蓋を開くと、白い湯気が立ち上った。

「おお、いい感じだ。よしよし」

「これが、『ご飯』……ルートがずっと食べたいって言ってたもの……」

「うん、そうだよ。どうだい？」

「うん、とってもいい匂い、美味しそう」

「だろう？　ええっと、ここはやっぱり『塩むすび』だな。リーナ、この村に塩はあるかな？」

「あ、ありますよ、すぐ持ってきます」

リーナの代わりに、母親のエルサがそう言って、家のほうへ走っていった。

「よし、じゃあ、しゃもじを作ってご飯をかき混ぜるよ」

「しゃもじ？」

ルートは笑いながら、余っていた薪を材料に、柄の長いしゃもじを作った。

「これで、こうやって……下のほうからひっくり返すんだ。こうすると、余計な水分が蒸発して、全体がより均一にふっくらとなるんだよ」

「なるほど……ちょっとやらせて」

ルートはリーナにしゃもじを渡すと、周囲で一心に見守っている人たちに言った。

「大きめのテーブルはありませんか？　今から、この『コルム』を小さく丸めて、テーブルに並べようと思います。できあがったら、皆で食べましょう」

村人たちは一斉に、「おおっ」と歓声を上げ、早速何人かがテーブルを運ぶためにどこかへ走っていった。

「女性の方は、何人か『コルム』を丸めるお手伝いをお願いします」

「あたし、やります」

エルサを筆頭に、女性たちがほとんど全員押し寄せてきた。ルートは、彼女たちの手が熱くならないように《防御結界》をかけてから、『塩むすび』の作り方をレクチャーした。

やがて、テーブルが運び込まれ、出来立てのご飯で作られた『塩むすび』が、どんどん並んでいった。慣れないせいか、大きさも形もバラバラだったが、皆笑顔で作っていた。

「よし、できた。さあ、皆さん食べましょう。中はまだ熱いので気をつけてくださいね」

ルートの声に、待ちかねていた人々が、一斉にテーブルに集まってきた。

「うわあ、美味し～い！」

「うめ～っ、はぐ、はぐ……んんん～」

「美味いなっ！　こいつはすごい」

青狼族の人たちにも、米の美味しさを理解してもらえたようだった。

皆が美味しそうに食べる様子を満足げに眺めながら、ルートも一つもらって食べてみた。

(うん、美味いっ。粘り気があってぱさぱさじゃない。日本で食べていた米と同じだ。丸みがあって、粒も小さい、ジャポニカ種と似ているな)

ルートがおむすびを頬張ってにんまりしていると、ダマンが近づいてきた。

「ルート殿、これは素晴らしい食べ物じゃな。あの畑でこれを作れると思うと、本当に感謝の言葉もありませぬ」

「いいえ、これは僕にとって、未来への投資なんです」

「未来への投資？」

「はい。青狼族の皆さんが『コルム』を作ってくだされば、この村の食糧事情もよくなるし、余った分は僕が買い取って売りますから、僕も儲かります。青狼族の皆さんが望むなら、土地は僕が用意しますから、もっとたくさん『コルム』を作ることも可能です。このあたり一帯を整地して、大きな村にすることもできます。あとは、皆さん次第です。世界に出ていって、青狼族の存在を知らせ、子供を増やし、やがては青狼族の国を作ることを考えてみてはいかがでしょうか？　皆さんにはそれだけの能力があります」

しっかりした生活基盤、自分たちへの誇りと自信、将来へのはっきりとした設計図、この三つが、集団の向上・発展にとって大切だとルートは考え、ダマンに示したのだった。

◇　◇　◇

その日、青狼族の村の広場では、ルートの訪問とリーナの帰郷を歓迎する宴《うたげ》が開かれた。

ルートが作ったかまどに大量の薪が入れられ、大きなかがり火になった。

貧しい村だったので、ふるまわれたのは塩を振りかけた蒸しジャガイモと燻製《くんせい》した猪の肉、そしてミルという果実を発酵《はっこう》させて作った地酒だけだった。

その宴でダマンは、『コルム』が来年の収穫後はずっと食べられるようになることを公表した。

またガイゼスはリーナの強さを讃え、彼女の努力を見習って自分たちももっと鍛錬をしていこうと呼びかけた。ダマンに促されたルートは、立ち上がり、注目している村の人々に向かって考えながら言葉を紡いでいった。

「まずは、突然訪れた人間である僕を受け入れてくださったことに感謝いたします。青狼族の皆さんが人間を嫌い、距離を置いて関わらないように生活してきた理由を、族長さんに聞いて理解しました。人間には確かに青狼族だけでなく、獣人に対する差別意識が今も少しはあります。でも、それは獣人に対する人間の恐怖心の裏返しではないかと、僕は考えています。皆さんの優れた身体能力、個々の強さを人間は恐れている。それは間違いありません」

ルートはここで一度言葉を切り、リーナを見た。

「でも、リーナのように、差別に負けず人間の中で暮らしている獣人たちもたくさんいます。獣人が人間と変わらないと分かると、やがて差別意識はなくなるはずです。リーナはポルージャの街では知らない者がいないくらい冒険者として有名ですし、皆から愛されています。僕はこれから皆さんと人間社会をつなぐ役割を果たしていこうと思います。『コルム』の生産が軌道に乗れば、この村はきっと豊かになります。今日はこのように歓迎してくださって、本当にありがとうございました」

ルートが語り終える前に、村人の中から拍手が鳴り始め、やがてそれは大きな波のように村中を包んでいった。

照れて苦笑するルートとリーナのところには、子供たちを中心に村人たちが次々にやってきて、酒を勧めたり、人間の街のことを色々と質問したりした。

宴がようやく終わったのは、夜がだいぶ更けて、この世界の大きな月が青い光を発する頃だった。

かなり酒を飲まされたルートだったが、地酒のアルコール度数が低かったこともあり、意識はまだしっかりしていた。今はまだ酔い潰れるわけにはいかなかった。

彼にはまだ一番大事な仕事が残っていたのだ。

「さあ、入って。狭い家ですけど我慢してね」

エルサはそう言ってルートを家の中に入れると、石造りの小さな暖炉《だんろ》に薪を入れて火を点けた。

魔石ランプがないこの家では、夜の灯りはこの暖炉しかなかったのだ。

ルートはマジックバッグの中から、たくさん蓄えてあった魔石を数個取り出した。

「ええっと、なにか金属はないかな……」

ラビスもリサもいつもならもう寝ている時間で眠そうだったが、ルートがまたなにやら始めたので、眠いのを我慢して木のテーブルにかじりつくようにして見守っていた。

リーナもそんな弟妹たちの肩を抱いて、硬い木の椅子に腰を下ろす。

ルートは野宿用の鉄製のフライパンを取り出して、得意の魔法工作を始めた。

提げランタンの形に鉄を《合成》し、魔法陣を書き込み魔石をセットする。ガラスのカバーはないが、熱は出ないので問題ないだろう。

ルートがスイッチの部分に触れて魔力を流すと、魔石が明るく輝き始めた。

「わあ〜、すごい！　明る〜い」

「すげえ、せんせい、すげえよ」

リサとラビスが笑顔で言う。

「まあ、本当にルートさんって、なんでもできちゃうのね。わたしにも点けられるかしら」

「はい、誰でも使えますよ。点けるときは、この丸い部分に魔力を流せばいいんです。流す魔力の量で光る時間が違います。魔石は『魔素』が固まったものですから、使うと少しずつ減っていきます。あと二つ魔石を置いておきますね。これで毎日使っても半年以上は使えるはずです」

「なにからなにまで、本当にありがとうございます」

お礼を言うエルサにルートは改めて向き直った。

「このくらいはなんでもありません、気にしないでください。ええっと、エルサさん、お、お話があります。いいですか？」

「え、あ、はい、なんでしょう？」

ルートが酔った赤い顔から急に真剣な表情になったので、エルサは戸惑いながら頷いた。

「さ、さあ、ラビス、リサ。もう遅い時間だからお姉ちゃんと一緒に寝ようか」

リーナは酒を飲んでいなかったが、やはり赤い顔で弟妹たちにそう言った。

「ええ？　まだ起きていたいよ～」

だだをこねる妹を無理矢理引っ張ってリーナが寝室に去ったあと、ルートは改めてエルサに言う。

「僕とリーナは、出会ってから今まで、同じパーティの仲間としてたくさんの時間を一緒に過ごしてきました。だから、彼女のことは誰よりも信頼していますし、頼りに思っています。実は、二年前、僕たちはある事件に巻き込まれて、リーナはそのとき不幸なことに、山中に飛ばされ、記憶を失って行方不明になっていたことがありました。誰もが、彼女は死んでしまったと思いました」

ルートの話を聞いて、エルサが息を呑む。ルートは構わず続けた。

「そのときは、本当に悲しくて、自分も死んでしまいたいと思ったほどでした。幸いなことに、リーナは親切な若者に助けられ、生き延びていました。奇跡と言うほかありません。そして、ぼろぼろの姿で帰ってきたとき、僕はもうなにもいらないと思ったのです。彼女さえそばにいてくれたら、それだけでいいと心の底から思いました。エルサさん、僕はリーナと結婚したいと考えています。彼女を一生大事にし、必ず幸せにします。どうか、僕たちの結婚を認めてもらえませんか？」

エルサは初めて聞いた事実に驚き、涙を浮かべながらじっとルートの話を聞いていた。

やがて、にっこり微笑んでこう言った。

「まあ、そんなことがあったんですか……ふふ、認めるもなにも、わたしはとっくにあなたたちは結婚しているんじゃないかって思ってましたよ。もしかして、子供もいるのですか？」

「あ、い、いや、ちゃんとご両親に正式に認めてもらうまでは……ただ、キスはしました。すみません」

エルサは思わず吹き出して、口を押さえながら笑った。

「か、母さん、そんなに笑うことないじゃない。失礼よ」

いつの間にか、こっそり覗いていたリーナが、真っ赤な顔で出てきた。

「あはは……ああ、ごめんなさい。こんなに笑ったのは何年ぶりかしら……ふふ……リーナ、ここへいらっしゃい」

エルサは娘を手招きして座らせ、優しく抱きしめた。

「よかったわね、こんなに素敵な人に出会えて。幸せになるのよ」

「母さん……うん、うん……今でも幸せだよ、誰よりも……」

泣き出した娘を抱きしめたまま、エルサはルートに言った。

「ルートさん、どうかリーナをよろしくお願いします。死んだこの子の父親も、きっと喜んでいると思います」

「はい、必ず幸せにすると誓います。ありがとうございます」

ついに、ルートは正式にリーナを妻に迎えることを認めてもらえたのである。

翌朝、ルートとリーナは青狼族の人々に見送られて村をあとにした。今後も頻繁に訪れることになるだろう。リーナも家族と笑顔で別れを交わしていた。

「ああ、これで誰に聞かれても、ちゃんとリーナを婚約者だと言えるよ。ほっとしたなあ」

「ふふ……ルートって、意外に堅物だった」

「え？　だって、あたりまえのことじゃないか。自分たちが結婚するって決めても、親が反対したら心の底から幸せとは思えないからね」

「ん……でも、ルートには言ってなかったけど、青狼族はけっこういい加減なの。気が向いたらペア以外の人とも愛し合うし、それを怒ったりもしないの」

「ええっ！」

ルートは驚きのあまり、思わず『魔導式蒸気自動馬車』のハンドルを切ってしまい、道から外れてガタガタと自動馬車が大きく揺れた。

「ああ、ご、ごめん、そんなに驚いた？」

「そ、そりゃあ驚くさ、あたりまえだろう？　ま、まさか、リーナもそういう考えなの？」

「ち、違う、私はルートだけ。他の男になんて興味ない、信じて」

ルートは自動馬車を道の脇に停めて、リーナを見つめた。

「……分かった、信じるよ」

「うん……一生かけて証明して見せるから」

リーナは思わず吹き出しそうになったが、ぐっと我慢してしっかり頷いた。

二人を乗せた自動馬車は、心地よい蒸気の音を響かせながら、冬の日差しに照らされた野道を走っていった。

その後、リンドバルの街に戻った二人は、領主であるリンドバル辺境伯の屋敷に向かった。

辺境伯は急な訪問にもかかわらず、ルートたちを快く迎え入れてくれた。そして、ルートから青狼族の村でのことを聞くと、とても興味を惹かれたようだった。

「そうか……いや、彼らのことは長年心配していたのだ……」

彼はそう言って、この領地を治めるにあたって、青狼族の処遇をどうするか、ずっと迷っていたことを打ち明けた。青狼族が人間を嫌い、街に移住することを拒否することは分かっていた。かといって、放っておけば、やがては絶滅するだろう。村の窮状《きゅうじょう》を考えて、税の徴収《ちょうしゅう》はしていなかったが、下手に彼らに援助の手を差し伸べれば、人間の領民から反発が出るのは必至だった。

「なるほど……じゃあ、僕というか、『タイムズ商会』が勝手に村を援助するのは構わない、と……」

「うむ、むしろ、こちらとしては大歓迎だ。よろしく頼む」

「分かりました。『コルム』の生産が軌道に乗れば、お茶やボゴダの木と並んでこのリンドバル領の新しい名産品となります。楽しみにしていてください」

「おお、それは楽しみだ。なにか手伝えることがあったら遠慮なく言ってくれ」

こうして、領主の許可を得て、ルートの頭の中には青狼族の『幸福の未来』への設計図がいよいよはっきりとした形で描かれていくのだった。

◇◇◇

ポルージャの街の繁華街の外れに、国内屈指の大商会となった『タイムズ商会』の本店がある。

その店の表側は、今日も大勢のお客や取引の商人たちでごった返していた。

一方裏に回ると、木立に囲まれた静かな広い庭がある。その庭には、色とりどりの花が咲いている花壇があり、それを挟んで小さな家が二軒立っている。

一つは『タイムズ商会』の会長である少年と、銀色の髪の美しい獣人族の少女が住む予定の家で、もう一つの家は、少年の母親と『タイムズ商会』の副会長が実際に住んでいる家だ。

少年と少女はまだ結婚していない。そして今は二人とも王都で暮らしていた。

というのも、少年は大商会の会長でありながら、王都の『王立子女養成学問所』の魔法学科の教師もやっているからである。

少年の母親と副会長は、半年前に結婚し、商会の仕事をしながら仲睦《なかむつ》まじく暮らしている。

さて、会長と先生という二足のわらじで多忙な日々を送っている少年だが、実はもう一つ肩書を持っていて、それは『教皇の特別顧問』というものだった。

教皇とは、もちろんハウネスト聖教国の教皇ビオラ・クラインのことである。

新しく教皇になったビオラは、自分を絶体絶命の危機から救ってくれた少年に、これ以上ない恩義を抱いていたが、それ以上に、心を許せる友人、人生における師と考え、信頼していた。

もちろん少年は常に彼女のそばにいることはできなかったが、二人は頻繁に手紙をやり取りしながら、世界のこと、信仰のこと、そして悩みについて語り合っていた。時々共通の休日を利用して直接会うこともある。少年は一時期、神への信仰を失いかけたことがあった。しかし、それが彼の思い違いだと気づいたとき、彼は神に謝罪し、そして理解した。

少年は愛する存在を取り戻したことで、再び神への信頼と信仰も取り戻した。

その少年の名は、ルートという。

「先生、おはようございます」

「やあ、おはよう。メラニーさん」

「ブロワー先生、おはよう」

「おはよう、カーク。ほら、走れ！　遅刻するぞ」

朝の陽ざしの中を、ルートは人々にあいさつしながら歩いていく。

いつの間にか大金持ちになり、上等の服を着ていたが、彼の中身はあの頃と少しも変わらない。

つぎはぎだらけのズボンをはいて、ボーグの工房に走って通っていた、あの頃と……

ルートは多くの商品を発明し、人々に影響を与え、この世界を大きく変えた。

ただ、彼は意図して世界を変えようと思ったわけではない。

彼はただ、愛する母を、そして家族のように愛する娼婦たちを、なんとかして奴隷娼婦から解放したい、その一心で努力したにすぎない。その結果として、彼の周囲に多くの人が集まり、彼を中心に世界が変革するうねりのようなものが生まれたのだ。そしてまた、それによって彼の知らない場所で、多くの不幸な人々が救われ、幸せになっていたのである。

ルートは、もちろんそんなことを意識していない。彼がいつも心に留めていることは昔から変わらない。それは、〝人を幸せにすること〟と〝一生懸命生きること〟だけだ。

月が導く異世界道中
Tsukiga Michibiku Isekai Dochu
あずみ圭
Azumi Kei
1~18
8.5
シリーズ累計
350万部
(電子含む)
の超人気作!
TVアニメ 第2期
2024年1月から
2クール
放送決定!
異世界へと召喚された平凡な高校生、深澄真。彼は女神に「顔が不細工」と罵られ、問答無用で最果ての荒野に飛ばされてしまう。人の温もりを求めて彷徨う真だが、仲間になった美女達は、元竜と元蜘蛛!? とことん不運、されどチートな真の異世界珍道中が始まった!
月が導く異世界道中
あずみ圭
薄幸系男子の
成り上がり
ファンタジー、
開幕!
なんでだろう
親の都合で
異世界へ
読者賞受賞作!
待望の
書籍化!
●各定価:1320円(10%税込)
●illustration:マツモトミツアキ
1~18巻好評発売中!!
2期までに
原作シリーズもチェック!
月が導く異世界道中
1
あずみ圭
木野コトラ
ぼっち
人外
シリーズ累計
29万部
とことん
不運、されど
チート!!
薄幸系主人公の異世界放浪記、コミカライズ第1巻!!
漫画:木野コトラ
●各定価:748円(10%税込) ●B6判
コミックス1~12巻好評発売中!!

引退冒険者は従魔と共に乗合馬車始めました
著 アマゴリオ Amagorio
イカした魔獣の乗合馬車で
無限に自由な異世界旅！
人あったかい！
景色すごい！
野営メシうまい！
おっさんになり、冒険者引退を考えていたバン。彼は偶然出会った魔物スレイプニルの仔馬に情が湧き、ニールと名付けて育てていくことに。すさまじい食欲を持つニールの食費を稼ぐため、バンはニールと乗合馬車業を始める。一緒に各地を旅するうちに、バンは様々な出会いと別れを経験することになり――!?　旅先の食材で野営メシを楽しんだり、絶景を眺めたり、出会いと別れに涙したり。頼れる相棒と第二の人生を歩み始めたおっさんの人情溢れる旅ファンタジー、開幕！
●定価：1320円（10%税込）　●ISBN 978-4-434-32312-6　●illustration：とねがわ

この作品に対する皆様のご意見・ご感想をお待ちしております。
おハガキ・お手紙は以下の宛先にお送りください。

【宛先】
〒150-6008 東京都渋谷区恵比寿4-20-3 恵比寿ガーデンプレイスタワー 8F
（株）アルファポリス　書籍感想係

メールフォームでのご意見・ご感想は右のＱＲコードから、
あるいは以下のワードで検索をかけてください。

アルファポリス　書籍の感想　検索

ご感想はこちらから

本書はWebサイト「アルファポリス」（https://www.alphapolis.co.jp/）に投稿されたものを、改題・改稿、加筆のうえ、書籍化したものです。

# 異世界《いせかい》の路地裏《ろじうら》で育《そだ》った僕《ぼく》、商会《しょうかい》を設立《せつりつ》して幸《しあわ》せを届《とど》けます3

mizuno sei（みずの せい）著

2023年7月31日初版発行

編集－和多萌子・宮坂剛
編集長－太田鉄平
発行者－梶本雄介
発行所－株式会社アルファポリス
〒150-6008 東京都渋谷区恵比寿4-20-3 恵比寿ガーデンプレイスタワー8F
TEL 03-6277-1601（営業）　03-6277-1602（編集）
URL https://www.alphapolis.co.jp/
発売元－株式会社星雲社（共同出版社・流通責任出版社）
〒112-0005 東京都文京区水道1-3-30
TEL 03-3868-3275
装丁・本文イラスト－キャナリーヌ
装丁デザイン－AFTERGLOW
印刷－中央精版印刷株式会社

価格はカバーに表示されてあります。
落丁乱丁の場合はアルファポリスまでご連絡ください。
送料は小社負担でお取り替えします。

ISBN978-4-434-32311-9　C0093